尾瀬・至仏山殺人事件

写真家・剣 平四郎の撮影事件帳

七月三日――森林限界を越えると剣平四郎《つるぎへいしろう》は、愛用のカメラザック、ラムダの〈槍ヶ岳〉を下ろし、闇から目覚めようとしている眼下の湿原に目をやった。そして、ザックのサイドポケットから水筒を取り出すと、一気に喉の渇きを潤した。

「ふう、それにしても昨夜は飲み過ぎたな」

独り言を言って、医師から禁じられているショートホープに火を点けると、うまそうに飲みながら空を見上げた。梅雨時としては珍しく、いくつもの星が名残惜しそうに煌《きら》めいていた。

「よし、高天原《たかまがはら》まで登るか」

誰にともなくそう呟くと、ザックを背負い勾配を強めた登山道を、ヘッドライトで照らしながらゆっくり歩き出した。やがて、熊除けと雷探知用に点けている胸ポケットのラジオから、一九六〇年代の懐かしい曲が流れてきて、剣の気持ちと足取りを軽くした。

剣平四郎は一九五三年生まれの五十七歳、日本の自然を撮り続けている写真家だ。愛車ランドクルーザーを運転している時はもちろん、ザックを背負って山野を歩いている時でも、必ず何かしらの音楽を聴いているが、さすがに最近の若い人の歌には馴染めず、だいぶ歳をとったと自覚させられている。

首に巻いたタオルで額の汗を拭きながら剣がふと腕時計に目をやると、すでに宿の至仏《しぶつ》山荘を出発してから三時間近くが経っていた。目の前には山頂に続く木製の階段がまだ延びているが、周囲に視界を遮るものは何もない。

「そろそろ日の出だな」

　そう呟くと剣は、ザックを下ろし、後方正面に見える燧ヶ岳《ひうちがたけ》、左手の景鶴山《けいづるさん》や眼下の尾瀬ヶ原《おぜがはら》に目を注ぎ、乱れた呼吸を整えた。そして、ザックの中から乾いたシャツを取り出して汗を吸ったシャツをすばやく着替えると頬に夜明け前の冷気を感じながら、ハスキークイックセット三段の三脚を広げて、愛機リンホフマスターテヒニカ４×５をセットした。そして、間もなく訪れるであろう燧ヶ岳から昇るご来光を待った。ところが五、六分後、にわかに湧き出て来た霧に遮られ、正面の燧ヶ岳どころか眼下の尾瀬ヶ原も、すぐ目先に見えるはずの登山道さえも見えなくなってしまった。それに加えて風が次第に強くなり、防寒用に着ているゴアテックスのレインウエアの裾が、バタバタと音を立ててきた。

「参ったな」

　剣は急いで機材を片付けると、自らも岩と岩の間の風の当たらない場所に身を隠し、朝食をとりながら霧の晴れるのを待つことにした。長い尾瀬での生活で、天候の急変は幾度となく経験している剣だが、至仏山荘を発つ時に見上げた満天の星空と、途中仰いだ見事な天の川から、好天を疑ってはいなかった。それなのにこの急変とは……。なんたる天のいたずらか、と空を睨みつけた。そして、天候の回復にささやかな望みを託しながら、冷たくなってしまった朝食用の握り飯を腹の中に収めた。しかし、空腹は満たされたものの、天候は一向に回復する様子がない。

「仕方ない、動くか」

剣はザックにもレインカバーをかぶせ、雨の中を歩く準備をした。

高山植物の宝庫として知られている至仏山は、貴重な生態系を守るために、尾瀬ヶ原山ノ鼻《やまのはな》植物研究見本園からのいわゆる東面コースは、二〇〇九年度から下山が禁止され、登り専用になっている。そのため剣は重い機材の詰まったザックを背負うと、山頂を目指し鳩待峠《はとまちとうげ》に下山するコースを進んだ。


剣が標高2228メートルの至仏山山頂に立った時は、乳白色のガスに混じってかなり大粒の雨が音を立てて降り始め、本格的な荒れ模様になっていた。剣は登山靴の紐を強く締め直すと、雨に濡れて滑りやすくなった道を、慎重に鳩待峠に向かって下り始めた。もう辺り一面に咲き乱れるたくさんの高山植物に目を止める余裕はなかった。大小様々の蛇紋岩《じゃもんがん》に囲まれた登山道には水たまりができ、雨に濡れた蛇紋岩はさらに滑りやすくなっていた。剣は両手で岩に掴まり、重心を低くして、慎重に足を運んでようやく小至仏山《こしぶつさん》の下りにかかった時、前方に人影を見つけて足を止めた。

「もしもし、どうしました」

剣は赤いレインウエアを着て、ハイマツにもたれかかるようにうずくまっている人影に近づきな

がら声をかけた。しかし、声が届かないのか、その人物からは返答がなかった。剣はさらに近づき肩を叩いて、

「もしもし！」

と大声をかけると、ようやくその人物は顔を上げた。若い女性だった。

「大丈夫ですか？　転んだんですか？」

と剣が言うと、

「あっ……はい、その岩のところで滑ってしまいました。でも、もう大丈夫です」

と若い女性はすぐ近くの岩を指差した。

「大丈夫なら良かった。至仏山の岩は蛇紋岩といって雨に濡れると滑りやすいんですよ。私も何度か転びそうになりましたから」

「そうですか、ありがとうございます。気をつけます」

そう言うと、女性は姿勢を正そうと身体を起こしかけて、

「痛っ！」

と言って右足首を手で押さえた。顔が痛みに歪んでいた。

「足首を捻挫か骨折しましたね」

そう言いながら剣がザックを下ろして女性の右足首を見ると、素人判断ながら足首全体が腫れて

丸みを帯びているように感じられた。剣が足に触ったので、女性は再び痛みに顔を歪めた。

「これでは歩けそうにありませんね」

剣が女性の顔を見ながらそう言うと、女性は青白い顔で、

「すみません……」

と答えた。

剣は、ザックの中から衛星携帯電話を取り出して鳩待山荘に救援を求めた。

すぐに『了解』という返事があり、剣はホッと胸を撫で下ろして女性に伝えた。

「安心してください。一時間ちょっとで救助隊が来てくれるそうですから、それまで風の当たらない場所に避難しましょう」

そう言うと、剣は女性に肩を貸して岩場とハイマツの隙間に移動した。

「ここならしばらくは風雨を凌げるでしょう。それにしてもこんな日に、それもひとりでなぜ至仏山に登ろうとしたんですか?」

剣は女性に尋ねた。しかし女性は叱られたと思ったのか、

「すみません、ご迷惑をおかけします」

と言うだけで、うつむいて寒さに震えていた。仕方なく剣は、ザックからセーターを取り出し、

「このままでは凍えて風邪をひきますよ、これを着て身体を温めなさい」

と手渡した。

「私は剣平四郎と言います。写真家です。至仏山から尾瀬の夜明けを撮ろうと夜半に登ったのに、あいにくの天気になってしまいました。天気さえ良ければ、この辺にはオゼソウ、ハクサンコザクラ、ムシトリスミレ、それからハクサンイチゲなど、数えきれない高山植物が、足の踏み場に困るほど見られるんですけどね。お嬢さんもそんな花を訪ねて登ったんですか?」

剣はつとめて明るく話しかけた。しばらくの沈黙の後、女性が重い口を開いた。

「いろいろとありがとうございます。私は竹内純子《たけうちすみこ》と申します。東京から来ました」

竹内純子と名乗るその女性は、小さな声で剣に答えた。

「そう、東京から。で、ひとりですか?」

「はい、今日はひとりです」

「そうですか、せっかく登ったのにこの天候では残念でしたね。それより足の具合はどうですか?」

「はい、お陰さまで少し落ち着いてきました」

剣はいくらか顔色の良くなった竹内純子を元気づけるように、四季折々の尾瀬の様子や魅力などを語った。しばらくすると、鳩待山荘から担架を持った救助隊が五名到着した。

「おーい、剣さん、遅くなりました」

救助隊の副隊長を務める萩原岩男が、陽に焼けた笑顔を雨と汗でグショグショに濡らして近づいてきた。

　剣はすぐに立ち上がり、救助隊に駆け寄って行った。

「やあ、萩原さん。忙しいところをご苦労様です。尾瀬には常駐の山岳救助隊がいないから、結局山小屋の皆さんに迷惑をかけてしまうね。申し訳ない」

「いえ、いいんですよ。何と言っても人間の命は地球よりも重いと言われますし、大切な尾瀬で死人は出したくないですからね、我々でできる範囲は頑張りますよ」

　萩原は笑顔で答えた。

「お世話になります。運んでもらいたい人はこちらのお嬢さんです」

　剣は一行を竹内純子に引き合わせると、手際良く事情を説明した。そして、

「もう安心だよ」

　と優しく言葉をかけ、

「じゃあ、よろしく頼みます」

　と搬送を委ねて、担架を見送った。

「なんで東京はこうもクソ暑いんだ」

剣は、新宿駅西口の地下通路を歩きながら、身体にじっとりとまとわり付くような湿気を含んだ空気に、顔をしかめた。

剣が『ペンタックスフォーラム』のドアを開けると、ギャラリーの支配人、佐々木淳一がすぐに声をかけてきた。

「剣さん、お客様がお待ちですよ」

「お客さん?」

と剣が問うと、

「ええ、夏目雅子に似た超美人です」

満面の笑顔でそう答えた。剣は、

「夏目雅子に似た美人だなんて、佐々木さん、私を担ごうったってそうはいきませんよ。私のお客さんは、男性と昔のお嬢さんと相場が決まっているんだから」

笑って答えた。

「いや、本当にとびっきりの美人ですよ。ともかく応接室でお待ちですから」

佐々木の笑顔に押されるように、剣は一体誰だろう? と思いながら応接室のドアを開けた。すると、剣の姿を見るなり、涼しげなブルーのワンピースを着た若い女性が立ち上がり、

「こんにちは剣さん。その節は大変お世話になりました」

と、頭を下げた。

「あっ、君は」

そこにいたのは、先日登った至仏山で足を痛めていた若い女性だった。

「はい、至仏山で助けていただきました竹内純子です」

涼やかな大きな目が、佐々木が言うように若くして亡くなった女優の夏目雅子に似ており、歯並びの良い美しい笑顔で話しかけられると、不惑の歳をとうに過ぎた剣も照れ臭くなった。それくらい、今日の竹内は、至仏山で会った女性とは別人のように輝いて見えた。

「いやー、君か。すっかり元気そうで良かったですね。見違えそうでしたよ。もう足は大丈夫ですか？」

剣は右足を指差して尋ねた。

「ええ、もうすっかり治りました。会社にも出勤しています」

竹内はそう言うと、右足を爪先立たせて足首を数回くるくる回して見せた。

「あー、本当だ。良かったですね。やはり若い人は回復が早いな。羨ましい限りですよ。で、よくここがわかりましたね」

「はい、一昨日の新聞で剣さんの写真展のことを知りましたので、ギャラリーの方に電話でお尋ねしましたら、今日は剣さんが会場にお見えと教えていただいたものですから。突然で失礼かと思いましたが、尾瀬のお礼をひとこと言いたくてお訪ねしました」

「そうですか、それはご丁寧にありがとう。でもね、山で困った時はお互い様だから、まったく気にしないでください。それよりもまずは私の尾瀬を観てもらおうかな」

「はい、ぜひ拝見させていただきます」

二人は応接室を出てギャラリーへ行った。

竹内は新聞で剣の写真展を知った時、ギャラリーを訪ねるかどうか少し迷った。大好きだった彼が、第二のふるさとだと話していた尾瀬。この仕事が終わったら一緒に行こうと約束したのは、つい昨日のような気がするのに、とうとう一緒に行くことはできなかった。彼を思い出して悲しみのどん底に落ちるのが怖くて、この一年尾瀬の話題を遠ざけていたが、一年経ってようやく訪れてみようと先日ひとりで至仏山に登ったのだった。岩につまずいて転んでしまい、冷たい雨に打たれている時は、このまま死んでしまったらもしかして彼に会えるのではないか？　そのほうが幸せかもしれないとさえ思った。そんな時に、まるで自分を叱るように、突然剣に肩を叩かれ、声をかけられたのだ。現実に戻されちょっとがっかりしたが、もしかすると、彼が自分の命を守るために、剣を寄こしたのかもしれないと思えるようになった。剣は尾瀬の写真では有名な写真家だという。その人の尾瀬の写真をきっと彼も見たことがあるだろう。彼の好きだった尾瀬の写真を正視できるかどうかまだ自信はないが、彼の意思が自分に生きていて欲しいということなら、剣にちゃんとお礼を言わなければ彼に申し訳ない。そう思い至って、今日思い切ってギャラリーを訪ねることにしたのだ。

竹内は、畳一畳分もあるような大きな尾瀬の写真パネルを一点、一点食い入るように観ながら剣に尋ねた。

「尾瀬って山があり、湿原があり、大きな沼があっていろんな表情をしているんですね」

「ええ、二〇〇八年夏にこれまでの『日光国立公園／尾瀬』から、福島県会津地方の会津駒ヶ岳《こまがたけ》、帝釈山《たいしゃくさん》、田代山《たしろやま》などが編入されて、二十九番目の『尾瀬国立公園』として誕生しましたから、新しい魅力が加わりました。そんな尾瀬を、たくさんの人たちに知って欲しいとこの写真展を企画しましたが、お陰さまで大盛況です」

「私は中学の時の音楽の時間に、『夏の思い出』を唄った記憶しかありませんけど、尾瀬って本当に素敵ですね。日本にこんなにも素晴らしい自然があるのかと、正直驚きました」

「そうですか、それは嬉しいですね。これは余分なことかもしれませんが、尾瀬は日本の自然保護運動の原点とも言われています」

「本当ですか、それはすごいですね」

「ええ、今でこそ自然を大切にしようと誰もが口にしますが、尾瀬は半世紀近くも前から、自然の大切さを発信し続けているんですよ。それから、あまり知られてはいないけれど、二〇〇五年にはラムサール条約にも登録されて、国際的にも貴重な地域なんです」

「ラムサール条約って、水鳥の生息湿地に関する国際的な条約ですよね」

「ほう、よくご存じですね。そのラムサール条約です。そうした意味からも尾瀬の大切さを、もっともっと多くの人たちに理解して欲しいですね」

「それにしても、これだけの作品を撮影されるのにはご苦労も多いんじゃないですか？　特に真冬の撮影などは大変でしょうね」

「ええ、尾瀬は半年が深い雪に閉ざされていますから、冬、特に厳冬期の撮影は厳しいものがありますね」

「どんな方法で尾瀬に入るんですか？」

「今はヘリコプターで行きますが、昔は麓の戸倉《とくら》から、山小屋の人たちが除雪隊として十五名ほどのパーティーを組み、私はその除雪隊に同行させてもらって、山スキーにシール、つまりアザラシの毛皮でできた滑り止めを貼って歩いて尾瀬に入りました。ですから、尾瀬ヶ原に入ると二週間は下山できませんでした」

「ええっ、冬の尾瀬に二週間もですか？」

「そうですよ、尾瀬は豪雪地帯ですから、毎日が吹雪との戦いでね。それから、尾瀬の雪は非常に

乾燥している、いわゆるパウダースノーですから、スキーを履いていても膝くらいまで埋まってしまいます。それなので、ラッセルをしなければ前に進むことができません。正直、雪のない尾瀬からは想像できない厳しさがあります。でも、運が良ければ一瞬ですが尾瀬が微笑み、白銀の世界を見せてくれます。その光景は身震いがするほど美しいんですよ」

「本当ですか！　私などは、単純にきれいと言ってしまいますが、いろんなご苦労があるんですね」

「確かに苦労は多いですが、誰もいない尾瀬で、太古のままの尾瀬に触れられる喜びのほうが大きいですね。しかも最近はヘリコプターで入山しますから、肉体的な苦労は半減しました。でも、尾瀬の中での移動、撮影、下山はすべて、今でも昔と変わらず山スキーを履いて行っていますよ」

剣が、身振り手振りで竹内に解説していると、そこに佐々木支配人がコーヒーを運んで来て、

「剣さんのお話は大変興味深いでしょう。美人のお客様には特に詳しく話してくれますから、ゆっくりとお話を伺っていってください」

と言って立ち去った。

剣は解説を止めると竹内にソファーを勧め、そしてあらためて尋ねた。

「ところで、あの天候だったのに、若いお嬢さんがひとりで至仏山に登るとは少し無謀に思えましたが……」

「すみませんでした」

「いや、責めているのではないですよ。ちょっと気になったものだから」

「はい、でもあの日にどうしても至仏山に登りたかったんです」

「あの日に、どうしてもですか?」

「はい」

剣は、自分のお節介な性格が首をもたげてくるのを感じながら、

「何か事情がありそうですが、差し支えがなければ話してくれませんか?」

と聞いた。竹内は少し躊躇していたが、意を決したように話し始めた。

「はい、剣さんは尾瀬のベテランとのことですから、もしかすると記憶にあるかもしれませんが、昨年のあの日、つまり七月三日に友人が至仏山で遭難事故で亡くなったんです。ですから一周忌のあの日、どうしても至仏山に登り、友人の冥福を祈りたかったんです。それなのに私がドジで足を滑らせてしまい、友人が亡くなった場所まで行けませんでした」

そう言うと、竹内純子の美しい瞳から大粒の涙がこぼれ落ちた。

「いやこれは失礼。立ち入ったことを聞いてしまいました」

「いいえ、私のほうこそすみません。失礼しました」

剣は腕を組み、天井を見上げながら昨年の記憶をたどってみた。

「そうですね……確かに私は尾瀬を三十年以上撮っていますが、毎日尾瀬にいるわけではないから。

それから失礼な言い方をすると、毎年遭難事故が数件は起きていますからね、すぐには思い出せないけどお気の毒でしたね。それからお話の様子ですと、その友人はあなたの特別な人のようですね」

「はい、将来を約束した大切な人でした」

「そうですか。その人はやはり尾瀬が好きで至仏山に登ったのでしょうね」

「はい、彼、小早川拳さんといいますが、学生時代に尾瀬の山小屋でアルバイトとして働いてから、尾瀬が第二のふるさとだと言ってたびたび尾瀬に行っていました」

　それを聞いた剣は驚きの声をあげた。

「ちょっと待ってください。今、小早川拳君と言いましたね」

「はい、そうですが……」

「その小早川拳君は、尾瀬ヶ原の東電小屋で働いていた青年ではないですか？」

「ええ、確かそんな名前の山小屋でした。もしかして剣さんは彼をご存じですか？」

「いや、もう随分前になりますが、将来は新聞記者になりたいと言っていた青年が確か小早川君。そうだ丹後《たんご》半島伊根《いね》町の出身だと言っていましたが」

　今度は竹内が驚きの声をあげた。

「そうです、間違いありません。その小早川君です」

「そうですか。でも、彼は学生時代に日本百名山を踏破した、いわば山のベテランのはずですよ。

その小早川君がまさか至仏山で遭難するなんてちょっと考えられないような話ですね」

「はい、彼のお母さんから遭難の知らせを受けた時、私もまさか、と耳を疑いました。ですからまだ彼の死を遭難事故死として受け止めきれていません」

「ということは何か不審な点があるのですか？」

「いえ、警察も遭難事故として処理をしましたし、それを覆すような根拠はありませんが、ただ彼が慣れ親しんだ至仏山で事故に遭うはずはないと、漠然と思えてならないのです。今でもこの気持ちは変わっていません」

「そうですか、あなたが受け入れられない気持ちもわからないではないですが、警察が遭難事故と結論を出した以上、まず間違いないのでしょうね。残念ですが」

この時、剣の頭の中にちょっと調べてみるかと、小早川青年の遭難事故への興味が湧いていた。

「ところで、竹内さんはどんなお仕事をしているのですか？」

「私ですか？　私はここ新宿にある新現代出版で編集の仕事をしています」

「ほう、新現代出版というと大手出版社ですね」

「はい、おっしゃるように会社は大手ですが、なかなか厳しいのが現実です」

「最近はネット社会で、活字離れ、本離れの時代になったからね」

「はい、ですからうちの社でも週刊誌や月刊誌を何誌か休刊にしました」

「なるほどね。そうなると出版業界は青息吐息ですかね。どこの業界も厳しいね。ところで先ほどの小早川君は、念願叶って新聞記者になったんですか？」

「はい、東日新聞の記者になりましたが、初任地の秋田支局で上司と激しくぶつかり、その後本社に戻され『週刊明日』という雑誌の記者をしていました」

「なるほど、その辺が君との接点だったわけですね？」

「はい、お互いの職場にいた先輩の結婚披露宴で知り合いました」

一瞬だが竹内の顔に笑顔が戻った。そしてソファーから立ち上がると、

「剣さんは東京にはよくおいでですか？」

と明るく尋ねた。

「そうだね。田舎者だから東京には馴染まないけど、仕方なしに時々出て来ますよ」

「でしたら今度、至仏山のお礼をさせてください。私、美味しいお店にご案内します」

「そう、それは嬉しいな。でもね竹内さん、いや、純子さんのような若いお嬢さんが行くようなお店には、私は不似合いですよ」

「そんなことはありませんよ」

「いやいや、私のようなおじさんは、ガード下で焼酎を飲むぐらいが落ち着くんです」

「あら、私だってガード下の飲み屋さんに行きますよ。では今度お誘いしますね。ガード下に！

約束ですよ」

そう言うと、お辞儀をして出て行った。純子は帰る頃にはすっかり剣に打ち解けていた。

その夜、帰宅した剣は、先月、日本の清流として知られている、高知県の四万十川《しまんとがわ》へ撮影に行った際に仕入れた栗焼酎『ダバダ火振』を飲みながら、妻の梓に東京での出来事を話した。

「私たちにも、その純子さんのような娘がいたらよかったのにね」

「ああ、神様は不公平だよな、まったく」

「それでどうするの？」

「どうすると言われてもなぁ、いかようにもしようがないよ」

剣は頭を振ってみたが、梓は自分の亭主の性格はすべてお見通しのようで、

「そんなことを言って、その遭難事故を調べるおつもりでしょう」

と少し意地悪く聞いてきた。

「調べるつもりはないけどさ、そんな山のベテランが、しかも尾瀬で働いていた若者が、夏の至仏山で遭難するかな。大いに興味をそそられたのは事実だよ」

「ほら、またそんなことを言って。小説の中の探偵みたいなことはしないでくださいよ。あなたのお仕事は、写真を撮ることなんですからね」

翌日、剣は飲み友達の脇田京一郎に電話をした。

「脇さん、今夜空いてる？」

「ああ、毎晩暇してるよ」

「それは良かった。何と言ったって、脇さんのところと消防署が暇に越したことはないからね」

「それって日本が平和だという意味かい？」

「そう、ご名答。では七時にいつものサロンで」

「わかったよ。サロンって、あの婆さんの店だろう」


「やあ、遅くなっちゃって」

「いや、俺も今来たとこだよ」

剣と脇田は、テーブルに向かいあうとグラスを合わせた。

「早速だけど、脇さん」

「ほら、おいでなすった。剣さんがせっかちに話を進める時は何かあるからなぁ、お手やわらかに頼みますよ」

「では」

剣は先日の至仏山でのこと、そして昨日の東京での話をかいつまんで脇田に伝えた。

「じゃ何かい剣さん、尾瀬だと管轄は沼田北警察署だが、その判断に疑問を感じると言うのかい？」

「いやいや、とんでもない。第一、俺はその遭難事故のことを知らないんだよ。ただ、今も話したように、山のベテランで尾瀬で働いていた若者が、夏の至仏山で遭難するかなと、素朴な疑問を抱いただけだよ」

「剣さん、回りくどい言い方をしないで、俺に何をしろと考えているのか、単刀直入に言ってくれないか」

「うん、それじゃ言うけど、その遭難事故の状況を詳しく教えてくれないか」

「そうだなぁ、調書など関連書類はたとえ剣さんといえども民間人だから、見せるわけにはいかないから難しいな」

「そんなことぐらいは、群馬県警察本部刑事部長さまにお教えを請わなくてもわかっているよ」

「じゃ、どうしろっていうの？」

「担当者を紹介してくれないかな」

「担当者を？　それも難しい頼みだな」

　脇田はしばらく逡巡していたが、

「そういえば、沼田北警察署に尾瀬の好きな若者がいたねぇ。非番の時に剣さんを訪ねるように伝えるから、いろいろ教えてやってくださいよ」

と、とぼけた表情で言いながら剣のグラスに焼酎を注いだ。そこへ山形県米沢市の出身で、自称〝紅花の君〟の女将が割り込んできた。

「どうだ、話は済んだか。これからはオレ様も仲間に入れて飲むべや」

剣と脇田は、七〇歳を過ぎたとはいえ、その豪快な飲みっぷりの女将がテーブルにやって来たので、〝クワバラクワバラ〟と首をすくめて顔を見合わせたが、席を空けて女将を招き入れた。そして三人はあらためて乾杯をすると、遅くまで賑やかに時間を過ごした。


それから数日後、下北半島《しもきたはんとう》、十和田湖《とわだこ》、八甲田山《はっこうださん》の撮影から剣が帰宅すると、妻の梓が「お客様ですよ」と言った。剣は機材をランドクルーザーに積んだままにして、応接間に入った。そこには夏にもかかわらず、きちっとスーツにネクタイを締めた青年がいた。

「なんだ、横堀君か」

「剣さん、ご無沙汰をしています」

青年は立ち上がると姿勢を正して丁寧に挨拶をした。

「いやー、ちょっと見ないうちに立派になって。で、今はどこの勤務なの？」

「はい、この春から沼田北警察署刑事課勤務を命じられ、日夜励んでいます」

「そうか、脇さんが話した尾瀬好きな若者とは横堀君のことか」

「はい、刑事部長に剣さんを訪ねて尾瀬のお話を聞いて来いと言われました。なんでも昨年夏頃の、特に至仏山の様子を伺うように言われています」

「横堀君ありがとう。それにしても脇さんも人が悪いな。横堀君ならそうと教えてくれればいいものを。ともかく一杯やろう」

　そこへ梓がビールを運んで来た。そして、

「横堀さんは、もう刑事課長さんになられたそうですよ」

「ええっ、この若さで警部殿か。それはすごい、では将来の県警刑事部長殿に乾杯しよう」

　剣は横堀のグラスに勢いよく自分のグラスを合わせて、「カンパイ!」と声をあげた。そしてしばらくは、梓も加わり世間話に花を咲かせた。やがて梓が中座すると、横堀は見計らったように背広の内ポケットから手帳を取り出し、至仏山の話を切り出した。

「剣さんがお尋ねの遭難事故は、私が着任前の事案ですから、直接事故調査に当たったデカ長に聞いてみました。昨年七月三日木曜日は、雨は小降りだったものの、ガスが非常に濃くて視界がすこぶる悪かったそうです。亡くなった小早川拳氏当時二十七歳は、学生時代に東電小屋でのアルバイト経験があり、至仏山には何度も登っていた模様で、この日は、日帰りの予定で朝早く鳩待峠登山口から、至仏山に登ったようです。直接の死因は、右側頭部陥没骨折による脳挫傷です。他に顔面と両手に数カ所の擦過傷が見られたものの骨折はなく、着衣の乱れもなかったそうで、死因は転落事故による脳挫傷と判断したとのことでした。デカ長の話ですと、剣さんもご承知のように、蛇紋岩が雨に濡れて滑りやすくなっていたために、誤って転倒したのではないかとのことでした」

「なるほどね、それで、事故が起きたのは至仏山のどの辺りだろう」

「なんでも山頂に近い急斜面とのことですね。当日は荒れ模様の天候で登山者が少なく、翌日の昼近くに女性のパーティーにより発見されています。発見場所は、登山道から少し外れたガレ場、つまりみなかみ町側ですね。デカ長は、ガスで視界が悪かったから、道を間違えて登山道を外れたんじゃないかと言っていました」

「ガレ場ね。ちょっと待っててくれよ、すぐ地図を持って来るから」

そう言うと、剣は仕事部屋から尾瀬地域の地図を持って来た。そしてテーブルの上に広げると、至仏山山頂付近を指差して、横堀に聞いた。

「この辺りということかい？」

「そうですね、調書によると、至仏山と小至仏山の間のこの辺りですね」

横堀も指を差しながら答えた。

「それにしてもそのパーティーはよく見つけたね」

「ええ、なんでも生理現象、つまりお花摘みのために登山道を離れて、ガレ場近くの岩場に入り込んだところで見つけたそうです」

「なるほどね。至仏山にはトイレがないからよくあることかもしれないが、それにしてもあの辺りは斜面が急だから危ないね。ひとつ間違えれば命取りになる場所だよ。それで、その小早川君の荷物などは近くにあったのだろうか？」

「はい、遺体の近くに小早川氏の物と思われる小型の青いザックが落ちていたそうです。中にはデジタルカメラ、ペットボトルの水、チョコレート、財布、タオル、それから着替え用のシャツが一枚入っていました。これらはすでに家族に返還されています」

「なるほどね。しかし、ガレ場で止まっていたから発見されたようなものの、そうじゃなかったら、家族から要請があるまで発見されず大がかりな捜査になってたね」

「おっしゃる通りです。一見なだらかに見える至仏山ですが、西側斜面は急で危険ですからね」

横堀の言葉に剣も頷いた。

「以上がおおまかな内容ですが、ほかに何かありますか？」

横堀は手帳を閉じて剣に尋ねた。

「いやぁ、ありがとう。お陰で状況を把握することができたよ」

剣は横堀に礼を述べると、グラスにビールを注いだ。

翌朝早く、剣は小型のカメラザック〈霧ヶ峰〉にデジタルカメラ、衛星携帯電話、それから水と握り飯を入れて至仏山に向かった。そして昨夜、横堀から聞いた、小至仏山から至仏山山頂に至る登山道をゆっくりと歩き、みなかみ町側のガレ場付近を覗き込むようにして丁寧に見て回った。辺りの岩場には、ヨーロッパアルプスに咲くエーデルワイスによく似たホソバヒナウスユキソウを始め、氷河期の生き残りと言われているオゼソウ、また、キバナノコマノツメやミヤマダイモンジソウ、ハクサンイチゲ、シブツアサツキなどの高山植物が、今を盛りとたくさん咲いていた。しかし、今日の剣の目にはその可憐な花たちが入らなかった。

——やはり、普通に登山道を歩いていたのでは、たとえ滑って転んだとしても、ガレ場までは落ちて行かないぞ。もし小早川君が生理現象をもよおしたとしても、その日はガスが濃くて視界が利かなかったのだ、わざわざ危険なガレ場に行く必要はなかっただろう。一度でも至仏山に登ったことのある人間ならば、みなかみ町側は急な斜面だということは知っているはずだ。小早川君は東電小屋でアルバイトをしていて、何度も登っていたから至仏山を熟知していた。それなのになぜガレ場に落ちたのだ。確かにおかしい、不自然だ。

剣は、ひとしきり自問自答した後、ザックから衛星携帯電話を取り出すと、先日、聞いておいた竹内純子の携帯に電話をした。純子はすぐに出た。

「もしもし、写真家の剣です」

「あっ、剣さん。この前はお忙しいところ、尾瀬のお話をありがとうございました。お陰様で大変勉強になりました。今日も東京にいらっしゃるのですか?」

「いやいや、今日は至仏山の山頂にいます」

「えっ！　至仏山って、尾瀬ですか？」

「そう」

「またお仕事で撮影ですか？」

「ああ、再来年用のカレンダーの撮影でね。今日はこの前とは違って天気が良く、会津や新潟の山から日光連山《にっこうれんざん》、それから上州武尊《じょうしゅうほたか》や谷川連峰《たにがわれんぽう》など四方の山々がすべて見渡せますよ」

「それはすごい！　まさに大パノラマですね」

「純子さんにも見せてあげたいくらいだよ」

「わっ、羨ましいですね。東京は今日も残暑が厳しくてうんざりです。私も尾瀬の至仏山に飛んで行きたいです」

「そう、東京は暑いでしょうね。ここは涼やかな風が渡ってとても爽やかですよ」

「そんな別天地にいる剣さんが、本当に羨ましいです」

「そうそう、さっきね、アサギマダラを数頭見かけましたよ」

「えっ、アサギマダラって何ですか？」

「そうか、純子さんはアサギマダラを知らないのか。アサギマダラは鹿児島県の喜界島辺りから、はるばる渡って来て、途中で世代交代をして、暮れにはまた喜界島方面に帰って行く、とてもきれ

いな大型の蝶なんだ」

「えっ、鹿児島県から尾瀬の至仏山まで来て、また鹿児島県まで帰るんですか?」

「そうだよ、大型といっても蝶だからね。それが途中で世代交代をして日本列島を南北に、しかも千数百キロを渡るなんてまさにロマンだね。それはそうと、今日電話をしたのはね、ついでといっては失礼だけれど、先日の純子さんの話が気になったものだから、小早川君が滑落した現場付近を、何度か歩いて検証してみたんだ」

「えっ、検証ですか、剣さんが調べてくれているんですか?」

「調べるといっても、素人だから限界があるけどね」

「でも尾瀬に精通している剣さんに、調べていただけるなんて嬉しいです。ありがとうございます」

「そこで、純子さんに改めて聞きたいんだけどね、今でも小早川拳君の事故を、単なる事故としてはやはり受け止められないんだね?」

「はい、もちろんです。ただ事故でなかったら何だ? と言われると、具体的にお答えはできませんが、彼が慣れ親しんだ尾瀬の至仏山で、滑落して死んでしまったとはどうしても信じられません」

「そうだろうね。私も今あらためて現場近くを歩いてみて、なぜか釈然としないものを感じて電話をしているんだ。そこでどうだろう、近いうちに上京する用事があるから、その時に彼のことを詳しく教えてもらえませんか」

「えっ、剣さん、彼の事故のことを調べていただけるんですか？」

「いや、警察が事故死と結論を出したことを、素人の私が調べたからといって何がわかるかなんて言えないけど、気になることはとことん探ってみないと気が済まない性分だから、それだけのことだけどね」

「ありがとうございます」

電話の向こうから純子の涙が伝わってきた。


翌々日の夕刻、剣と純子はＪＲ飯田橋駅で落ち合った。そして純子が小早川拳とデートでよく利用したという喫茶店〈神田川〉に腰を落ち着けた。

「神田川か」

「剣さんご存じですか？」

「いや、お店はもちろん初めてだけれど、『神田川』という歌は名曲だからよく知っているよ。何といっても私は神田川世代だからね。だから吉田拓郎、井上陽水、それから中島みゆき、荒井由実、今は松任谷由実か、あとは少し若いところで松山千春なんかも随分と聴いたよ。もっとも、はるか昔の若い頃だけどね。だから、今でも『神田川』のあのバイオリンのイントロの調べを聴くと、貧しかったけれども青春を謳歌していた頃を思い出すね」

「そうですか。では私の父や母と同じ世代ですね。でも剣さんは背も高いしお腹が出ていませんから、父よりもずっと若く見えますよ。それにしても飯田橋で神田川なんて不釣り合いですね」

「神田川はこの近くを流れていたんじゃなかったっけ?」

「いいえ、神田川はこの少し先の御茶ノ水駅近くではないでしょうか?」

「なんだそうか。ところで純子さんの故郷はどこなの?」

「私は北海道の弟子屈町《てしかがちょう》です。今でも両親と弟が住んでいます」

「ほう、弟子屈ね」

「ご存じですか?」

「ご存じなんてもんじゃないよ。今でも冬になると毎年撮影に出かけているよ。厳冬期は放射冷却の影響もあり、町中ではマイナス30℃くらいまで下がるよね。結氷した摩周湖《ましゅうこ》、屈斜路湖《くっしゃろこ》の御神渡り、美幌峠《びほろとうげ》での夜明け、それから釧路川《くしろがわ》辺りではダイヤモンドダストが見られて、厳しい自然が見せる神秘的な光景は毎年訪ねても、いつも新鮮な感動を覚えるよ」

「そうですか、ありがとうございます。故郷のことをそんなふうに言っていただくと嬉しい。今度ぜひ家にも寄ってください」

「そうだね、それでは来シーズンはお邪魔するとしますよ」

一通りの世間話が終わると、剣は話題を変えた。

「ところで小早川君のことだけど、彼は週刊誌の記者をしていたと言ったね。具体的にはどんな分野の記者をしていたんだろうか？」

「彼は政治担当でした。だからせっかくのデートの時も永田町がどうのとか、政治家はどうだとか、もうつまらない話ばっかりで、何度も喧嘩をしたことがあります」

「なるほど政治担当ね」

そう言いながら、剣は何か引っ掛かるのを感じた。

「ところで、もう一度確認するけれど、純子さんが事故を疑う根拠は何だろうか？」

「それは先日もお話しをしましたように、彼の山の経験、それから尾瀬でアルバイトをしていたことを考え合わせると、いくら天候が悪かったとはいえ、慣れ親しんだ夏の至仏山で亡くなるなんて、どうしても納得がいかないからです」

純子は剣の目を真っすぐ見て言った。その目は、まだ深い悲しみをたたえているように剣には感じられた。剣は純子の目を見つめ返しながら、純子が小早川の死を遭難事故ではないと主張する根拠が、恋人の死を受け入れられないという感情面にあるような気がしてならなかった。果たして、事故ではないと主張することが、事件性ありということに繋がると、純子は認識しているのだろうか。そうでなければ、このまま何もしないで、少しでも早く悲しみを乗り越えて新しい人生を歩ませたほうがいいのかもしれない。これから事件の可能性を探ることで、純子にまた新しい悲しみを与えたくないような気がした。しかし、純子から話を聞かなければ、剣の脳裏に芽生えた疑惑を解明することはできない。剣は逡巡した後、意を決して言葉を続けた。

「実は私も先日、実際に現場周辺を歩いてみて、同じ印象を抱いてしまったんだ。ただ、仮に小早川君の死が事故でなかったとした場合、まず考えられるのが自分の意志、つまり自殺だ。しかし、彼には純子さんという素晴らしい女性がいたのだから、自殺は考えられない。そうなると、もうひとつの可能性、つまり事件性が残ってしまう。何か彼のことで、事件と結びつくような心当たりがあるだろうか？」

「事件性というのは誰かに命を狙われていたというような意味でしょうか？」

純子は案の定、少し蒼ざめた表情で剣に聞いた。

「まあ、一般的にはそういうことだね」

「いいえ、思い当たりません。誰かに恨まれるような性格ではないし、狙われるようなお金持ちでもないし、事件性なんて、私にはまったく心当たりがありません」

純子は、少ししゅんとした表情でそう言うと目を伏せた。

「そうか。普通はそうだよね。他人様から命を狙われるようなことはまずないよな。東京のような大都会ではまったく無関係の人が、不幸な事件に巻き込まれるケースが時々あるけど、場所が尾瀬、しかも至仏山だからね。そうした通り魔的な事件は考え難いね。そうそう、うっかりしていたけど、彼が尾瀬に行くというのは純子さんは知っていたんだよね」

剣は、別の角度から話を進めることにした。

「ええ、仕事が忙しかったから、気分転換に至仏山に登ってくると電話をもらいました。今思い返すと、あの頃は本当に忙しそうでした。だから一カ月くらいゆっくりデートもできませんでした……」

「デートの時間も取れないほど仕事に忙殺されていた、ということか。彼は一体どんな取材をしていたんだろうか」

「さあ、どんな取材をしていたのかわかりませんが、お土産だといってナマハゲと辰子姫の置物をプレゼントされたことがあります」

「ほう、ナマハゲも辰子姫もいずれも秋田県だね。そうすると彼は秋田県での取材に追われていたのだろうか?」

「確かに、そう言われてみるとそうですね。でも、どんな内容の取材だったかは何も聞いていませんでした」

「そうか、彼は仕事の話はしませんでしたか。せめて至仏山で亡くなる直前の彼の行動がわかれば、何かの参考になるかと思ったんだけどね」

「すみません。私がせっかくのデートの時に仕事の話は嫌だと、前に一度怒ったから気を遣って話さなかったのかもしれません。今思うと、愚痴でも何でも聞いてあげれば良かったと思います……」

結局これといった収穫もないままに剣は純子と別れて帰宅した。しかし、剣の脳裏に浮かんだ疑惑の渦は、少しずつその大きさを増していた。

帰宅した剣は風呂上がりのビールを一気に飲み干すと、キッチンの梓に声をかけた。

「よう、明日から天下の愚策を利用して広島の比婆山《ひばやま》と鳥取の大山《だいせん》に行ってくるよ」

「あらそう。でもその天下の愚策って何ですの？」

梓は茹でたばかりの枝豆を剣の前に置いた。

「ほら例の、休日は高速道路千円で乗り放題という政策のことだよ」

「あら、ありがたいじゃないの。あなたはただでさえ、長距離トラック並みに全国を走り回るんですもの。それがなぜ愚策なんですか？」

「だってそうだろう。対象車はＥＴＣ搭載の普通車と軽四だけで、日本の物流を担っているトラックは対象外だよ、これでは物流コストが下がらないだろう。それからたとえ千円であろうと、正規の料金であろうと、徴収する施設費、人件費などの経費はかかるんだよ、それならばいっそのこと、無料解放したほうがどんなに効果的かって思わないかい？」

「ええ、でもそうしたら全額を税金で負担しなければならないでしょう」

「もちろんそうだよ」

「じゃあ、その財源はどうするのよ」

「それは余分な道路やバイパスを造るのを止めて、その財源を充てれば十分だよ。俺は全国を旅しながら例えばなんとか道路、なんとか橋、あるいはなんとか交差点など、政治家の名前で呼ばれている物をたくさん見ているよ。その多くが地元の人さえ首を傾げるような、ほとんど必要とは思えない物ばかりなんだから」

「でもね、あまり利用されないにしてもよ、一般道路の新設とかバイパスを造らなければ、国交省のお役人さんが失業してしまうでしょうね」

「何をバカげたことを言っているんだ、役人が失業するはずがないだろう。まったく君は脳天気で羨ましいよ」

「そうですよ、どうせ私は脳天気ですよ。それよりも広島までは遠いんですから、交通事故に気をつけて行ってきてくださいよ」

午前三時、剣は撮影機材を積み込んだ愛車ランドクルーザーに乗り込み、一路、広島県比婆山に向けて出発した。関越自動車道から上信越自動車道、長野自動車道。そして岡谷ＪＣＴで中央自動車道、小牧ＪＣＴで名神高速道路。さらに吹田ＪＣＴから中国自動車道。そして庄原ＩＣを経る約八〇〇キロの道のりである。

「ふう、少し疲れたな。休憩するか」

午後三時過ぎに無事庄原ＩＣを下りた剣は、コンビニエンスストアでコーヒーを買いひと口飲むと、ショートホープに火を点けた。

剣は尾瀬の撮影をライフワークとして取り組んでいるが、ここ数年はブナの北限である北海道黒松内町から、東北、関東甲信越はもちろん、近畿から中国地方までの原生林を積極的に撮影している。比婆山は、中国山地中部に位置する標高１２６４メートルほどの山で『比婆道後帝釈国定公園』に属している。そして大規模なブナの原生林としては南限ともいわれ、今回は三度目の撮影だった。

剣は一旦、民宿〈比婆山温泉〉に立ち寄ると、すぐさま身支度を整えて御陵周辺で撮影にかかり、夕刻まで没頭した。

宿に戻り、ひと風呂浴びると、すっかり顔馴染みになった女将の酌で飲み始めた。

「今朝、群馬を発って広島まで飛んで来てしまうなんて、剣さん、あんたはまるで化け物だね」

「チョット待ってくれよ女将さん。いくらなんでもお客様をつかまえて化け物はないだろう」

「だってさ、私も旦那と草津温泉と志賀高原に行ったことがあるけど、途中の木曽馬籠《きそまごめ》宿で一泊してから行きましたよ。それでも随分と遠いと感じたもの」

「まあ、確かに群馬と広島は離れてはいるけれど、長距離ドライブも慣れですよ」

剣が女将にそんな解説をしているところに携帯が鳴った。竹内純子からだった。純子は丁寧に先日の礼を述べると言葉を繋いだ。

「実はあの後に彼のお母さんに電話をして、剣さんが私に尋ねたような内容をお聞きしてみました。その時は、お母さんは特に心当たりはないとのことでしたが、今日になって電話がありまして、彼の荷物を広げたところ、何か取材日誌のようなものがいくつか出てきたそうです。それでその中には、国会議員や国交省のお役人の名前が頻繁に出てくるそうなんです。これって何か彼の事故と関係があるのでしょうか？」

「ほう、国会議員と役人ね」

剣は、頭が冴えてくるのを感じながら話を続けた。

「それはまた古くて新しい組み合わせだね。しかし、彼が政治担当の記者だった以上当たり前と言えばそれまでだが、その内容はちょっと気になるね」

「はい、剣さんはきっとそうおっしゃると思いました。ですから私は休暇を取って、丹後半島の彼の実家を訪ねてみようと考えています。そしてお墓参りをさせてもらい、その取材日誌を見せてもらってきます」

「そうですか。その日誌を見ても彼の事故と結びつくことを発見できるかどうかはわからないが、何もしないでモヤモヤした気持ちを持ち続けるよりも、純子さん自身のけじめにもなるかもしれないね」

　そう言いながら、剣は純子に少しでも早く悲しみから立ち直って欲しいと思った。

「よし、私も丹後に行こう」

「えっ、行こうって、でも群馬からですと随分と遠いところですよ」

「ああ、知っているよ。丹後半島は若い頃に写真集『日本海』の撮影で何度も訪れた地だから、おおまかな地図なら頭の中に叩き込んでいるよ」

「そうですか、それにしてもやはり遠いですよ。第一、剣さんにそこまでしていただいては申し訳ありません」

「それなら心配ご無用だよ。私は今、広島県にいるからね」

「えっ、広島県ですか。すごい、剣さんは本当に全国を飛び回っているんですね」

「そう広島だよ。今日は鳥取県と島根県境に近い比婆山でブナの原生林を撮ったから、明日は鳥取県大山に回る予定なんだ。だから明後日の午後には丹後に行けるよ」

「本当ですか。では剣さんのご好意に甘えさせていただきます。剣さんに来ていただければ心強いです」

純子の電話を切った後、剣は女将に早朝発ちを告げると早々に部屋に戻った。


翌日、剣は比婆山から一般国道、通称〈日野街道〉で小雨がそぼ降る大山に移動した。大山（1729メートル）は〈伯耆富士〉とも言われている中国地方の最高峰だ。そして、『大山隠岐国立公園』の中核地域で中腹には豊かなブナの森が広がっている。剣は、ペンタックス645NⅡの入ったラムダのザック〈槍ヶ岳〉を背負うと、通称〈夏道〉の登山道を登りながら、ヤドリギが多く見られるブナを意欲的に撮影した。そして、夕刻に大山寺近くの馴染みの民宿〈弥山荘〉に落ち着いた。


「いらっしゃい。それにしても、剣さんが来る時はどうして天気が悪くなるんだろうね」

「女将さん、誤解をしてもらっては困るよ。私はわざわざ雨に煙るブナ林を撮りたいと、天気が悪くなるのを狙って来ているんだからね」

「また、そんな負け惜しみを言って」

「負け惜しみなんかじゃないよ。だから私は雨になって大満足だよ。それから明日は早立ちをしたいから、朝飯はおにぎりにしてくれないかな」

「ええ、今来たと思ったらすぐ帰るのかい。剣さんはいつも忙しい人だね。たまにはカメラを持た

ないで、ゆっくりと観光を楽しんで欲しいものだけどね」

　女将はあきれ顔で剣の顔を見た。

「ああ、この次はきっとのんびりさせてもらうよ」

　そう言うと、剣は女将の肩をポンポンと優しく叩いて、客室に続く階段を上った。


　翌朝早く〈弥山荘〉に別れを告げると、ランドクルーザーをスタートさせた。そして大山道を赤碕で国道9号線に入り、日本海に沿って進んだ。途中、鳥取砂丘、浦富海岸で車を停めると写真集『日本海』の取材で、幾度となく訪れた懐かしい光景にしばし浸り、国道178号線で山陰本線余部《あまるべ》鉄橋を潜り、豊岡市から宮津市に入った。そして美しい白磁タイルの外壁の北近畿タンゴ鉄道宮津駅前に、ランドクルーザーを停めた。剣が駅舎まで純子を探しに行くと、すぐに「剣さーん！」と声が聞こえて、ジーンズに花柄のブラウス姿の純子が、手を振りながら待合室から駆け寄ってきた。

「やあ、早かったね」

「はい、新大阪駅を十時発のバスに乗れましたから」

「そう、じゃあ、お昼はまだだね」

「はい、私、お腹がペコペコです」

純子は笑顔で答えた。二人は駅前の食堂に入り、遅い昼食をとることにした。

「拳さんのお母さんが、剣さんにもぜひ泊まって欲しいと言っていましたが」

「いや、それはありがたいけど、電話でも話したように伊根町には懐かしい宿があるから、今夜はそちらに予約をしてしまったんだ。こう見えて私は結構義理堅いんだよ」

と、剣は笑って答えた。

「そうですか。残念だな、剣さんとゆっくりお話ができると思ったんだけど。きっと彼のお母さんも残念がりますよ」

剣は、純子を助手席に乗せると宮津の街を後に、宮津湾の煌めきを車窓に映しながら、国道178号線を〝舟屋《ふなや》〟で知られる伊根町へ向かった。

「剣さん、この車はシートが高くて、もの凄く視界がいいですね。海がキラキラしていてきれい」

今日の純子は、まるでカジュアルな服装に合わせたように矢継ぎ早に剣に話しかけた。それに対して剣も、

「あそこに見えるのが、白砂青松で知られる日本三景のひとつ天橋立だよ」

などと解説をしながら、海沿いの道を北に向かった。そして伊根町に入り、向かいの家の軒と軒とが交じりそうな細い道を進むと、伊根湾の海面すれすれに立ち並ぶ舟屋の家並みが望めた。この舟屋は一階がいわば舟のガレージ兼作業場、物置など幅広く利用され、二階が住居スペースとなっ

ていて、重要伝統的建造物群保存地区の指定を受けている。そして、丹後半島を代表する観光地のひとつとなっていて、全国から多数の人々が訪れている。小早川拳の家はその舟屋に面した郵便局の二軒隣にあった。

車の音が聞こえたのか、すぐに玄関のドアが開き、剣の妻・梓と同年配の女性が笑顔で現れた。

「こんにちは。ご無沙汰をしています」

純子はその女性と挨拶を交わすと、剣を紹介した。

「はじめまして、写真家の剣平四郎です」

「こちらこそ、遠いところをよくおいでなさいました。拳の母、和泉でございます」

どことなく雰囲気が女優の原田美枝子に似ているな、と剣は感じた。

小早川拳の母、和泉は二人を家の中に招じ入れると座布団を勧め、あらためて長旅の労をねぎらった。

「お母さん、まずは拳さんにお線香をあげさせてください」

と純子が言い、剣も純子にならって仏壇に手を合わせた。そして遺影を目にした途端ハッと彼のことを思い出し、懐かしさがこみ上げてきた。それは確かに、東電小屋で何度か一緒に飲んだことのある青年の微笑んだ顔だった。

剣が遺影をじっと見ていると、

「剣さん、息子が尾瀬で大変お世話になりました。息子は剣さんにサイン入りの写真集をいただいたと、これをとても大事にしていました」

そう言って、和泉が剣の前に写真集『尾瀬』を差し出した。

「ああ、懐かしい写真集ですね。サインした日付が十月二十三日となっている、これは確か東電小屋の小屋閉めの前夜、支配人の萩原さんや常連客たちと飲み交わした際に、私が小早川君にプレゼントした物ですよ。彼は小屋の仕事はもちろんですが、鳩待峠から小屋まで荷物を運ぶ〝ボッカ〟にも汗を流していましたし、休みを利用して至仏山や燧ヶ岳だけではなく、会津駒ヶ岳や日光白根山などにも登っていました。礼儀正しくいつも笑顔を絶やさない爽やかな青年でした。こんなことになってしまい、本当に残念です」

「剣さんにお線香をあげていただいたうえに、そんなふうに言ってもらって拳も喜んでいると思います」

和泉は涙を浮かべ、割烹着の裾で目頭を押さえた。

剣は、重ねてお悔やみを述べると一旦小早川家を辞去して、懐かしい民宿〈ふなや〉の暖簾《のれん》を潜った。そして主人と女将と手を取り合って久し振りの再会を喜び合い、今回の目的をかいつまんで話した。

「えっ、剣さん今夜は一緒に飲めないの？」

海焼けで真っ黒な顔をした主人が、がっかりした表情で言った。

「うん、すまないね。今話した事情で夕食は小早川家に行かなければならないんだ、また来るから許してよ」

と剣が申し訳なさそうに言うと、

「父ちゃんは許しても、私は納得できないよ。なんなら和泉さんたちをうちに呼べばいいでしょう」

ミニ小錦の異名を取る女将は、頑として譲らなかった。

「百恵ちゃん、そんなに俺をいじめるなよ」

剣は両手を合わせて女将に懇願し、戻ったら三人で飲み直すという条件で、やっと解放されて小早川家に向かった。


剣と純子は、和泉の手料理に舌鼓を打った後、拳が残した取材日誌に目を通した。それは几帳面な青年記者が時系列に取材内容を記していたものだった。

「お母さん、拳君は秋田県選出の衆議院議員大島純一郎氏、それから国交省秋田河川国道事務所長白川誠氏、そして〈秋北建設〉と〈飛鳥企画〉に随分と興味を持ち、取材をしていたようですね。それから東北整備局長阿部克比古氏の名前も頻繁に出てきます」

「ええ、秋田にはよく出かけていたようでしたね。私にもキリタンポとかナマハゲ人形などを送ってくれましたから」

「ナマハゲは私もお土産にもらいました」

純子も剣の顔を見た。

「そうだったね。純子さんももらっていたね」

剣は姿勢を正すと二人に話しかけた。

「この日誌から想像できるのは、たびたびニュースなどで名前が出る政治家と官僚、それから建設業界の三者の癒着、つまり贈収賄汚職を小早川君が取材していたということですね」

「贈収賄汚職ですか？」

と、和泉の表情が強張った。

「そうです。かなり危険な取材を進めていたことが想像できます。しかしだからといって、これを彼の至仏山の事故死に結びつけるにはかなり無理がありますね。仮にこの日誌を警察に持って行っても、相手にしてもらえないでしょうね」

「そうでしょうか……」

和泉は強張った表情のまま頷いた。しかし、

「そうでしょうか？」

純子は不満そうだった。そして、

「でも剣さんも、拳さんの至仏山での転落には疑問を抱いていましたよね？」

と、やや強い口調で剣に言った。

剣は、純子が初めて見せる気の強い一面に少し感動しながら、わざと穏やかに話を続けた。

「ああ、そのことは今でも大いに疑問視しているよ。だからといって、この取材日誌と事故を直結させるのはいくら何でも飛躍し過ぎるよ。なぜならばこうした癒着は全国にゴロゴロ転がっているし、日誌を見る範囲では想像こそできるが立証できないだろう。第一、小早川君がこうした取材をしていたことを、これらの関係者が知っていたかどうかわからない。ましてや、その中の誰かに彼が命を狙われていたという証拠もない。疑いでは警察は動かないよ。それに、小早川君のことはすでに警察が事故死として結論を出しているから、よほど確かな証拠を示さない限り、警察が再捜査をする可能性はなきに等しいだろうね」

「私も剣さんと同じ気持ちです。母親として息子の死の真実を知りたい気持ちはもちろんありますが、拳はもう戻ってきません。それに、警察といっても所詮はお役所ですから、私たちの想像や仮説ではまったく相手をしてくれないと思います。ましてや、息子が亡くなったのは群馬県で、取材先は秋田県です。それに相手が国会議員と国の官僚ですからなおさら無理だと思います」

和泉は半ば諦め顔で、純子に言い聞かせるように言った。

剣は、そんな和泉を冷静な考え方のできる女性のようだと思いながら見ていたが、依然として不服顔の純子は、さらに強い口調で、

「そうですか、お二人とも随分と消極的ですね。それなら、この日誌を元に私が記事を書き、知り合いの週刊誌に投稿します」

と言った。

「純子さん、ちょっと待ってよ。しっかりした裏付け取材もしないでそんなことをしたら、君が逆に名誉毀損《めいよきそん》で訴えられてしまうよ。第一、そんな不確定な記事を取り上げてくれる週刊誌だってないだろう。その証拠に彼はどこにも発表しないで、コツコツと取材を進めていたんだろうから。純子さんの気持ちはわかるけど、冷静になり客観的に事実を見つめないと、小早川君の努力を無駄にするばかりか、万が一君に何かがあったら、それこそ彼が悲しむことになるよ」

さすがの剣も純子の剣幕には少々慌てた。そこに、和泉が助け舟を出した。

「そうですよ、純子さん、あなたの気持ちは嬉しいけれど、軽はずみなことはしないでちょうだいね。これは私からのお願いですよ。それ以上に、あなたが今でも拳のことを想って、こうして訪ねて来てくれたことが嬉しいの、ありがとう。でも、もう拳は還ってはこないんです。あなたは若く将来があるのだから、拳のことは早く忘れて自分の人生をしっかり歩いてください。拳もきっとそう願っていると思うのよ」

「お母さん……」

純子は大粒の涙を流して和泉にすがりついた。

剣は、あらためて純子の悲しみが癒えていないことを知った。


翌日、朝日に眩しく輝く伊根港を望む墓地で、小早川拳の墓参りを済ませた剣と純子は、拳の母親和泉に見送られて伊根の町を後にした。そして剣の駆るランドクルーザーは、若狭湾の煌めきを浴びながら帰路についた。

「伊根町の舟屋は映画『男はつらいよ』や『釣りバカ日誌』などで紹介されたから、観光客が増えたと民宿の女将が言っていたよ」

剣は、昨日と打って変わって口数の少ない純子に話しかけた。しかし純子は何かを思い詰めているようで、曖昧な返事をするだけだった。

二人を乗せたランドクルーザーは宮津天橋立ＩＣで京都縦貫自動車道に入り、綾部ＪＣＴで舞鶴若狭自動車道、そして、吉川ＪＣＴで中国自動車道、吹田ＪＣＴで名神高速道路に入り、さらに小牧ＪＣＴで東名高速道路を東京に向かった。途中で昼食をとったものの、純子は相変わらず無口だった。そんな純子を無茶しないといいがと案じながら、剣はＪＲ中央線荻窪駅で降ろして帰宅した。

ひと風呂浴びた後、剣は丹後半島での出来事を妻の梓に話した。

「へえ、そんなことがあったの。でもその純子さんも辛いでしょうね」

「ああ、でもどうしようもないよな」

「そうね、早く立ち直って新しい彼でも見つけて欲しいですね。ところであなた、短い時間だったけど、父親気分を味わえて嬉しかったでしょう」

「何をバカなことを言っているんだ。でもあたらずといえども遠からずかな。ところで明日から久し振りに四、五日ほど白神山地《しらかみさんち》に行くけど」

「はいはい、どうぞ。亭主元気で留守がいい、だもんね、ジュンちゃん」

そう言いながら梓は猫のジュンを持ち上げると、腰を上げてキッチンに立った。

翌朝は秋を予感させるような冷たい雨になった。剣平四郎はランドクルーザーに乗り込み、沼田ＩＣから関越自動車道に乗った。そして長岡ＪＣＴで北陸自動車道、さらに日本海東北自動車道に進み、終点の神林岩船港ＩＣで降りて、日本海に沿って国道３４５号線、国道７号線を走り、象潟《きさかた》でお昼にする頃には雨が上がり、出羽富士とも呼ばれている鳥海山《ちょうかいさん》が、その美しい山容を見せてくれた。剣は短い休憩を取ると先を急いだ。そして無料開放されている日本海東北自動車道へ仁賀保から入り、秋田自動車道をひた走り、二ツ井白神ＩＣで再び国道７号線に、さらに県道西目屋二ツ井線に進み、白神山地の一角、藤里町岳岱《だけだい》に着いた。

剣は早速、森の中を歩き白神山地のシンボルのひとつと言われている、樹齢四百年のブナの巨木の前に立った。昨年訪ねた時は、天をも指すような勢いのある幹に思われていたのだが、今日はその左側の幹が無惨にも途中から折れていた。

剣は白神の厳しい自然環境を目の当たりにし、唖然とした。その後、気持ちを切り替えた剣は、苔むしたブナの森の撮影に没頭した。夕暮れ近くにランドクルーザーに戻ると林道をさらに駒ヶ岳登山口まで進んだ。そしてテントを張り、夕食の準備に取りかかった。折りたたみ式のチェアに腰を降ろし、カップに焼酎を注ぎ水割りを作ると、ランタンに明かりを灯し、ゆっくりと喉に流し込んだ。至福の時間が流れた。

翌朝、鳥のさえずりで目を覚ました剣は、シュラフから這い出してお湯を沸かし、温かいコーヒーを飲み、菓子パンで朝食を済ませると、テントを撤収してザックを背負った。そして森を抜けて、〝駒ヶ岳に住む女神の田んぼだった〟と言われている、田苗代湿原（藤駒湿原）の道を歩いた。晩夏というより初秋に近い森は静まり返り、ザックに付けている熊除けの鈴の音が、リーン、リーンと湿原を渡り、森の奥まで響いていた。

二時間ほどの撮影を終えて車に戻った剣は、身支度を整えると次の目的地である津軽の十二湖に向かうことにした。

剣が西目屋二ツ井線（県道317号線）を町内中心部に向かい世界遺産センター近くまで戻って来た時、携帯電話が鳴った。梓からだった。剣のランドクルーザーは、HDDナビゲーションシステムからハンズフリーで会話ができるので、ステアリングスイッチを押して、梓に答えた。

「何か用かい？」

「ええ、昨夜、純子さんから電話がありまして、秋田に行くというんですよ」

「えっ、秋田に？」

「そうなの。あなたに何度も電話をしたらしいんですけど、通じないからと家に電話したと言ってました」

「そうか、俺は白神山地の山の中に泊まったから圏外だったんだ。頼りの衛星携帯はバッテリー切

れだったよ。それにしても困ったな」

「そうでしょう、私もあなたに相談してからと言ったんですけどね。それはそうと、衛星携帯電話の電池が切れたなんて、それじゃあ役に立たないじゃないですか。高いお金を払っているんですから無駄にしないでください」

「わかった、わかったよ。朝っぱらからそんな話をするなよ。これから純子さんの携帯に電話をしてみるから」

剣は梓の電話を切ると、純子に電話をした。純子はすぐに出た。

「あ、剣さん、おはようございます」

「おはようじゃないよ。今どこにいるの？」

「たった今秋田駅に着いたところです」

「えっ、もう秋田に来てしまったの？」

「はい、秋田です。昨夜何度か電話しましたが通じなかったものですから、奥様に伝言をお願いしました」

「その伝言は今聞いたよ。だからこうして電話をしているんだよ。まったく無鉄砲で困ったお嬢さんだね」

「すみません。でも……」

「ともかくすぐに行くからそこにいなさいよ」

「えっ、すぐにって、剣さんはどちらにいらっしゃるんですか？」

「同じ秋田県の藤里町だよ」

「本当ですか？　どうしてまた秋田に」

「そんなことは会ってからゆっくり話すから、ともかくそこを動かないように」

「はい、でもそれでは申し訳ありません」

「一時間で行くからそこにいなさい。わかったね！」

剣は純子の返事を待たずに電話を切った。


きっちり一時間後、剣はＪＲ秋田駅東口ロータリー前で純子をランドクルーザーに乗せると、秋田県を代表する大河、雄物川《おものがわ》の河口に向かい、新屋海浜公園で車を停めた。剣は純子を誘って外に出ると砂浜を歩き出した。純子もそれにならった。

「純子さん、右手に見てるのが男鹿半島、そして左手に聳えている山が鳥海山ですよ。それから、この辺りは初夏になると紅いハマナスがたくさん咲いて、蒼い日本海とのコントラストがきれいな場所なんだ。ほらオレンジ色や赤い実がいっぱい付いているだろう」

剣は海岸線に沿って群生を見せているハマナスの低木を指差した。

「この赤い実がハマナスの実なんですか？　葉っぱを見ているとなんとなくバラの葉によく似ていますね」

「大当たりだよ。ハマナスはバラの仲間なんだ。純子さんはすごい植物通だね」

「あら、たまたま当たっただけですよ。自慢ではありませんが、植物音痴ですから」

　剣と純子はたわいもないことに声を出して笑った。

「ところで純子さん。君は小早川拳君の取材日誌が気になり、秋田に来たんだろう」

「はい、先日、剣さんにあの取材日誌を持って行っても、警察は取り合ってくれないと言われたものですから、自分で調べようと思って秋田に来ました」

「自分で？　彼の家でも話したように、彼が亡くなる直前まで秋田で取材をしていたのは間違いないだろう。だからといって、それをすぐ至仏山での転落死に結びつけるのはあまりにも強引過ぎるよ。第一何をどう調べるつもりだい？」

「そんなこともまだわかりません。でも慎重だった彼が歩き慣れた至仏山で足を滑らせたなんて、どうしても信じられません。剣さんだって疑問が残るとおっしゃったじゃないですか」

「そう言われると、私が純子さんを焚き付けたようで面目ないけどね」

「そんなことはありません。彼が亡くなったと彼のお母さんから連絡をもらい、一緒に沼田の警察に行った時も、私は刑事さんに何度も彼が滑落なんかするはずがない、よく調べてくださいとお願いをしました。でも警察は、事故として処理をしたんです。私はその後も何度か警察に手紙で調査をお願いしましたが、結局取り合ってもらえませんでした。ですから先日彼の取材日誌を読んだ時から、自分で調べてみようと考えていたんです。もちろん素人ですから、何もできないかもしれません。それはそれでもいいんです。ただ何もしないままでは彼に申し訳が立たないし、できないまでも努力をすればきっと彼も納得してくれると思います。そして私自身の気持ちの整理がつきます」

純子は真っすぐに剣を見た。

「そうか、純子さんの決心は固いんだね。彼が残してくれたのは取材日誌だけだ。それがどんな意味を持っているのかは皆目見当がつかない。もしかすると、まったくの見当ハズレの可能性もある。それでも調べてみるつもりかい？」

「はい」

純子ははっきりと言い切った。

「よしわかった。そこまで純子さんが言うならば、私もお手伝いをすることにしよう。もっとも急ごしらえの探偵さんだからね、あまり頼りにならないかもしれないけど」

「とんでもありません。剣さんは撮影のお仕事がありますから、お気持ちだけで十分です」

「大丈夫、今年も写真家剣平四郎は一年三百六十五日無休で働いていますから、今から特別休暇を奥様からもらうことにするよ」

　そんな剣に純子はうっすらと涙を浮かべて礼を述べた。

「ではまず何から調査するかだな。純子さんの作戦は？」

「はい、そう聞かれましても……」

「よし、では彼の以前の職場に挨拶に行ってみようか」

「えっ、東日新聞秋田支局にですか？」

「そうだよ」

　剣は純子に答えながら、ランドクルーザーに乗り込むとカーナビゲーションで、東日新聞秋田支局を探してセットした。


　東日新聞秋田支局は県庁と市役所に近いビルの二階にあった。

「ごめんください」

　二人がドアを開けて中に入ると、五十代半ばとおぼしき女性が現れた。剣が手短かに訪問の目的を伝えると、女性は二人に椅子を勧めながら、

「小早川拳さん、ああ、拳ちゃんのことでしたらよく覚えていますよ。正義感が強くて、仕事熱心な青年でした。でも正義感が強過ぎたのか当時の支局長とたびたびぶつかり、結局、支局から出さ

れてしまいました。あれは絶対に拳ちゃんが正しかったと思うんですが、新聞記者も所詮は宮勤めですからね、かわいそうなことをしました。ところで拳ちゃんはお元気なんでしょう？」

「はあ、それが昨年の夏に尾瀬の至仏山に登山をして、亡くなりました」

「えっ！　あの拳ちゃんがですか？」

「はい、残念でしたが……」

「そうですか。それはかわいそうなことでしたね。拳ちゃんは山が好きでここにいた頃も鳥海山、秋田駒ヶ岳《あきたこまがたけ》、それから和賀山塊《わがさんかい》なんかにも登っていましたよ。あんないい子が死んでしまうなんて、神様も仏様もあったもんではないですね。まったく」

　女性の言葉に純子は涙を浮かべていた。そんな純子に気づかない振りをして、剣は女性に尋ねた。

「小早川君と親しくしていた方をご存じありませんか？」

「それはなんといっても山さんですよ」

「山さん？」

「はい、山根博史さんといいまして、ここで長年記者をしていた方です。山さんは拳ちゃんを我が子のようにかわいがっていましたから、一番詳しいと思いますよ」

「その山さんという方ですが、今はどちらに？」

「三年前に退職をして、今では奥さんと二人で悠々自適の生活をしていますよ。なんでしたら、山さんに電話をしてみましょうか？」

「はい、ぜひお願いします」

女性は携帯を取り出すとその山さんに電話をしてくれた。

「山さんが話したいそうです」

そう言うと女性は携帯を剣に渡した。剣は二言三言話すと、

「ありがとうございました。山根さんが会ってくれるそうです」

と、携帯を女性に返して礼を言った。

「そう、それは良かったですね」

剣と純子は女性に丁寧に礼を述べて東日新聞を後にし、車に乗り込むと、山根に指定された秋田城跡に急いだ。秋田城跡は大和朝廷が高清水と呼ばれる丘陸上に築いた城柵で、現在この最北の政庁の復元が進められている。


山根博史は首に目印の古いライカをぶら下げて、駐車場で二人を待っていた。

剣は名刺を差し出すと丁寧に挨拶をして、かたわらの純子を紹介した。山根はやや小柄ながらもがっちりした体格で、何よりも、相手の心の中まで射抜いてしまうような眼光の鋭さを持っており、数々の修羅場を潜り抜けてきた事件記者の姿が感じ取れた。

「そうしますと、そちらのお嬢さんはさしずめ拳君の彼女というわけですか？」

定年退職したとはいえ、長年第一線の記者をしていただけに山根の観察眼は鋭かった。

そして剣が事の次第をかいつまんで伝えると、

「ここは、これからお伺いするお話に相応しい場所ではありませんね。少し歩きますが拙宅までご足労ください」

と二人を自宅へ招いた。


様々な資料や本が、所狭しと収納されている応接室に通された剣と純子は、あらためて山根とその妻に挨拶をした。

「そうですか……、しばらく音沙汰がないなと家内と話していたのですが、拳君が亡くなりましたか……。私のような年寄りが代わってやれるものでしたら、代わってやりたいのに残念ですね」

山根はしばらく天井を見つめていたが、純子のほうに顔を向けて優しく言った。

「小早川拳君は、ジャーナリストとしてはもちろん、人間としても正義感の強い立派な青年でした。あなたは彼を誇りに思ってください」

その言葉を聞いた純子は、必死に堪えていた涙を不覚にも初対面の山根に見せてしまった。剣はそんな純子を見て見ぬ振りをして、山根に尋ねた。

「彼が東京勤務になってからも、山根さんとの交流は続いていたのでしょうか？」

「ええ、拳君は昨年の春頃からたびたび私を訪ねてきていました。ご承知のように本県選出の代議士大島純一郎氏、国交省秋田河川国道事務所長白川誠氏、それから秋北建設の取材です」

「その辺りのことを、もう少し詳しく教えてくれませんか？」

剣は山根の目を見た。山根は頷き、おおまかな解説を始めた。

「大島代議士は二世議員ですが当選八回、与党最大派閥森田派のナンバー2です。これまでに経済産業大臣、自治大臣、それから党の政務調査会長を歴任していて、年齢こそ五十歳そこそこですが有力議員のひとりです。ただ先代の愼太郎氏と同様に、お金には特別執着しているとの評判です。もっとも、例の闇将軍や金塊を隠していた政治家を師と仰いでいる人だから、無理もないですね。それから国交省の白川誠氏ですね、この人は清廉潔白な役人の鏡みたいな立派な人でして、政治家や上司の横車にも毅然とした態度で臨み、連中からは融通の利かない石頭などと、随分煙たがられた存在でした。最後に秋北建設ですが、これは現在の秋田県では最大手のゼネコンですよ。それからあくまで噂の域を出ていませんが、現在の社長、先代の娘婿さんですが、名前は確か下城大輔さんだったと思います。この方が大島代議士はもちろん、有力県議会議員とも親密な間柄とのことですね」

「なかなか生臭い関係ですね。私も彼の取材日誌を見て、そうした古くて新しい構図を生々しく想像しましたが、あくまで想像、仮説の域であって、よほど有力な証拠を握らない限り実証は難しいと思いました。ですから彼も記事にできなかったのだと思いますが……」

「そうですね、おっしゃる通りだと思います」

「話を小早川拳君のことに戻しますが、彼は尾瀬の山小屋でアルバイトの経験もあり、至仏山にも何度か登っていたそうですから、山頂付近の様子も熟知していたはずです。また学生時代に日本百名山を踏破するほどの山のベテランです。こうしたことから、純子さんは遭難事故など考えられない、もっと詳しく調べてくれと地元警察に懇願したそうですが、残念なことに滑落事故として処理されてしまいました。その後、私も至仏山に登り現場を検証してみましたが、警察の滑落事故という処理にいささか疑問を感じました。かと言って自殺説は、純子さんという恋人がいたのですから絶対に考えられません。そうなると、事件性が残るのですが……」

「ほう、事件性ですか？」

「はい、私が言う事件性とは、故意だけではなく過失も含めてです。いかがでしょうか？」

「そうですね、仮に意図せず相手が誤って転倒した場合でも、山のような危険な場所ならば転落の可能性は十分予想がつきますし、ましてや転落したことを知っていてそのままにして救助要請もせずに下山をしてしまえば、それはもう立派な犯罪になりますね。ただお二人のお話を伺っていますと、そういう過失による事件ではなく、彼の取材から生まれた意図的な、つまり、命を狙われて殺された事件とお考えのように聞こえますが……」

「はい、かなり強引な仮説ですが、私たちはそこに焦点を絞って調査を進めたいと考えています」

「焦点を絞ってですか、いかにも写真家さんらしい表現ですね。しかし、かなり危険で難しい調査でしょうな。まあやってみる価値はあると思いますが」

「はい、そこで、初対面の山根さんに厚かましいお願いですが、当地の右も左もわからない私に、お力をお貸しいただけないでしょうか」

「そうですね、他ならぬ拳君のことですから。私にできる協力は惜しみませんよ。ただ、結果として剣さんのご期待に添えるかどうかは別ですが」

「はい、ありがとうございます。恩に着ます。それでは純子さんには、明日にでも東京に帰ってもらい、私ひとりが秋田に残って彼の取材に基づいた調べをしたいと思います」

それを聞いた純子は剣に向かって、

「剣さんは私に帰れと言うんですか？」

「そうだよ」

純子はすごい剣幕で言い返した。

「なぜですか、私だけ何もしないで帰れなんてひどいじゃないですか。私も剣さんと一緒に調査をさせてください」

「いいかね純子さん、私たちの仮説が正しければ非常に危険な調査になる。それは拳君が証明しているんだ。だからそんな危険が及びそうなこの秋田に、君を置くわけにはいかないんだよ」

「そんな……、危険と言えば剣さんだって同じでしょう」

「確かにそうだね。でもね、私にはその危険を回避する自信がある。しかし純子さんまで守れる自信はないんだよ。わかって欲しいな」

山根が剣に助け舟を出した。

「そうですよ。剣さんのおっしゃる通りです、ここは剣さんにお任せしてみたらどうですか。おそらく、かなり危険な調査になると思います。二人で動くと目立ちますから、私も剣さん一人のほうがいいと思いますよ」

剣は純子に向かって優しく、しかし強い口調で言った。

「それから純子さんには、東京でやってもらいたいことがあるんだよ」

「えっ、私に東京でですか?」

「うん、君の社でも週刊誌などに政治担当の人たちがいるだろう。そこを通じて、大島代議士周辺を徹底的に洗って欲しいんだ。つまり秋田と東京との分担作業だよ」

「はい、わかりました。それなら東京に帰って精一杯やってみます」

やっと純子の顔に笑顔が戻った。

山根がひとつ頷いて、

「ではどうでしょうか、今夜は私が一席設けますから作戦会議と決起大会としましょう。お二人には不謹慎かもしれませんが、久し振りに現役の事件記者に戻ったようですよ」

と、二人を誘った。


その夜、剣と純子は、山根の案内で割烹料理店〈男鹿〉の暖簾を潜った。店は賑やかだったが、山根が懇意にしている店らしく、二階の部屋に通された。そして日本海の珍味を肴に秋田の美酒を味わった。

山根が切り出した。

「さて剣さん、まずはどこから攻めますか？　ここは特別室だから、少々生臭い話をしても他の人には聞かれませんから大丈夫ですよ」

「そうですか、さすがですね。安心しました。では、まずは秋北建設でしょうか。ただいきなり本丸攻撃もできませんから、秋北建設のライバル会社辺りから情報を得られればと考えています」

「ライバルね。そうなると秋田建設ですね」

「秋田建設ですか？」

「はい、歴史は秋北建設よりもはるかに古く明治の創業ですから、県内では老舗といえますね。だとすれば専務の入澤さんがいいでしょうね」

「入澤専務さんですか？」

「はい、建設業界の重鎮で見識の広い立派な方です。早速明朝にでもアポを取ってみましょう。他には何か？」

「はい、これは純子さんに東京で調べてほしいことですが、大島代議士とはどんな人物でしょうか？」

「そうですね、昼間もお話しをしましたように二世議員ですが当選八回、与党の要職、大臣の経験もありますから、大物とまでは言いませんがそこその地位にいる野心家といったところでしょうか」

「野心家の二世議員ですか。それでは、秋田河川国道事務所とはどんな機関でしょうか？」

「ひと口で言いますと、県内の主な国道および河川を管理しているところです。それから最近開通しました〈日本海東北自動車道〉の仁賀保～岩城間などの建設も担当したでしょうね」

「高速道路の建設ですか？」

「ええ、一般的には高速道路会社が建設しますが、その区間は国と地方の新直轄方式と聞いていますね、つまり税金で造ったから無料区間になっていますよ」

剣は確かに高速道路なのに無料区間があったことを思い出した。

「そういえば、私もこちらに来る時にその区間を走りました。でも無料なのに国道7号線を走る車のほうが多く、ほとんどの人が利用していませんでしたね。それから琴丘森岳～二ツ井白神間も無料でしたね」

「そうなんです。地元の人たちは無料でもほとんど利用しませんね。つまり、既存の道路でも不便がないということです」

「それでも次々に道路を造り続ける、なぜでしょうかね」

「そうですね、詳しいことはわかりませんが、以前に大きな話題になりましたガソリン税などの暫定税率による道路特定財源が有り余っているからでしょうね。聞くところによると、都会では造る道路がないから、地下駐車場なんかも屁理屈をつけて造っているようですね。それからこれは余談になりますが、いわゆる揮発油税を含めて車を取り巻く税は多過ぎますね。確かに都会では公共交通網が整備されていますから、車の必要性はあまりないでしょうが、地方では通勤、通院、買い物、農作業など、何をするにも車はなくてはならない生活必需品です。それなのに自動車税、自動車取得税、自動車重量税、消費税、それから税ではありませんが自賠責保険、その上に先ほどのガソリン税プラス消費税と、車はまるで税金の集合体ではありませんか。しかも、その使い道が非常に不透明で、政治家の力関係で道路が無造作に造られている。そんな現状を考えると、道路行政が国民から完全に離れているとしか言い様がありませんよ」

「そうですね。確かどこかの副知事になられた作家が、戦前の日本を滅ぼしたのは旧帝国陸軍で、戦後の日本を滅ぼすのは旧建設省だと話していたことがありましたが、あたらずといえども遠からずかもしれませんね」

「初対面の剣さんにとんだ四方山話で失礼しましたが、いわゆる政、官、そして業界の癒着が蔓延していることは、残念ですが日本の歴史が物語っていますね」

「そうですね、大きなお金が動くところには、政治家センセイの旨味があるということですね」

「まあ、そんなところでしょうね」

山根は酒をひと口飲んでから純子に顔を向けた。

「ところで純子さん、拳君はこうした日本の悪しき体質は絶対に許せないと、正義感丸出しの取材をしていましたよ。そして結果的に当時の支局長と真っ正面からぶつかり、東京に戻され、しかも週刊誌の記者に飛ばされてしまったんです。私は本社採用ではなくて地元採用の記者でしたから、一生県内の支局、通信部巡りで終わる運命でしたが、拳君のような若者が体制に癒着しているような上司に、潰されていく姿を見ているのは辛かったですね」

「そうですか……、彼の秋田時代にそんなことがあったんですか。でも彼は山根さんと巡り合えて幸せだったと思います。ありがとうございました」

純子は姿勢を正すとあらためて山根に深々と頭を下げた。

翌朝、ＪＲ秋田駅に純子を送った剣は、山根に電話を入れた。そして昨夜の礼を述べると、秋田建設の入澤専務との面会について尋ねた。

「ええ、入澤さんは十六時に本社に来て欲しいと話していました。なんでも十数年前に尾瀬に行き、その帰りに剣さんの写真集を買ったことがあるとかで、快諾してくれましたよ」

剣は電話を切ると腕時計を眺めた。そして、十分な撮影時間があることを確認してランドクルーザーに乗り込むと、津軽の十二湖に向かった。

秋田自動車道を能代南で国道7号線に、そして市内で国道101号線に分け入り、碧い大海原の日本海と五能線に沿って北上して、須郷岬で車を停めた。剣は売店でイカ焼きを買い求めると、高台から眼下に広がる日本海に目をやった。ここは漁火《いさりび》が燃える幻想的な日本海を、そして厳冬期に荒れ狂う波濤の日本海を撮影した思い出の場所であった。剣はしばしそうした思い出に浸った後、気持ちを切り替えて車に乗り込み、ゆっくりとスタートさせ深浦町で青森県に入った。大間越を過ぎて十二湖駅手前で右折、県道280号線を駐車場まで進んだ。ペンタックス67Ⅱの入ったカメラザック〈双六岳〉を背負うと、端境期で閑散としている道を、幻の魚〝イトウ〟が棲むと言われている鶏頭場《けとば》の池、青インクを流し込んだような神秘的な色を見せる青池、さらにブナの原生林と回りながら、二時間ほどの撮影をこなし駐車場に戻った。そして、車の中からコンロを取り出してコーヒーをいれ、遅い昼食をとりながら今回の出来事を考えてみた。

――政治家と官僚、そして業界の癒着、こんなものは日本中に掃いて捨てるほど転がっている。こうしたことは国レベルだけではなく都道府県、市町村にまで及んでいる。そして時々ほんの氷山の一角が表面化して報道を賑わす。しかし、こうした事件に麻痺してしまった現代人は、よほどの大事件でない限り関心さえ示さない。言葉を換えればそれだけ蔓延していることといえる。そんな氷山の一角を小早川記者は取材し続けていた。それも相当執拗にだ。つまり、彼が取材を続けるだけの価値が、大島代議士を中心とした人間関係にあるということになる。一体彼は何を掴み取材を続けていたのだろうか。

剣はタバコに火を点けると大空を仰いだ。その時にザックの中の衛星携帯電話が鳴った。純子からだった。

「剣さん、秋田ではありがとうございました。私、早速政治担当の先輩に、大島代議士の調査をお願いしました」

「ほう、それは随分と手回しがいいね」

「ですから、何かわかりましたら剣さんのパソコンにメールします」

「了解。では私も楽しみにしているよ。ただね、あまり大袈裟に調べ回ると先方に警戒されるから、その辺だけはくれぐれも注意してくれよ」

「はい、わかっています。先輩はベテラン記者ですからご安心ください。ところで剣さんは今どちらですか?」

「私は津軽半島。白神山地の麓の十二湖というところだよ。純子さんはわかるかな?」

「いえ。白神山地は世界自然遺産に登録されていますから、名前は知っていますが、どこにあるのか皆目見当がつきません」

「そうか、では東北地方の地図を頭に浮かべてみて。右側の斧の形をしたのが下北半島で、左側の半島が津軽半島。その津軽半島から秋田県に向かって進んだところにある深浦町の十二湖にいるんだよ。JRだと五能線が走っていて、『リゾートしらかみ』は若い人たちにも人気だね。それからモリアオガエルの生息地だし、炎の鳥と呼ばれているアカショウビンの飛来地でもあるよ」

剣は十二湖周辺をかいつまんで説明した。

「白神山地の麓ですか。なんとなくですけど、剣さんの居場所がわかったような気がします。それにしても、東京からですと随分と遠い場所ですね」

「ああ、首都圏から遠隔地だからいいんだよ。しかも、白神山地の裾野だから自然は豊かだし、何と言っても食べ物が美味しいよ」

「あら、食べ物だけではなくて、お酒も美味しいんじゃないですか？」

「バレたか、ともかく居心地のいい場所だよ」

「いいな、剣さんのお仕事が羨ましい」

　そう言うと純子は電話を切ってしまった。


　秋田建設は千秋公園の隣にあった。レンガ造りの建物はどこかしら、東京駅のそれに似ていた。分厚いガラスドアを開けて受付で名乗ると三階の応接室に通された。壁にはゆうに一〇〇号はくだらない、錦秋に染まる鳥海山の油絵が掛けてあった。間もなくして長身の紳士が現れた。専務の入澤一郎氏だった。白髪がだいぶ少なくなったとはいえ、仕立ての良い三つ揃いをさらりと着こなした姿は、建設会社の専務というよりもテレビでよく見るピアニストを彷彿させた。二人は互いに名刺を交換して挨拶を交わした。

「さあ、どうぞ」

　入澤はソファーを勧めた。

「それにしても、秋田で写真家の剣さんにお会いできるとは、不思議なご縁ですね。夢のようです」

「こちらこそ、突然お伺いをしまして失礼いたしました」

「いやいや、専務といっても名前だけで、時間を持て余しているのが正直なところですから、大歓迎ですよ。山さんに感謝しなければなりませんね。どうです、こんなところではなんですから、少し早い時間ですが食事でもいかがでしょうか」

「しかし……」

「ご迷惑かもしれませんが、どうぞお付き合いください。お車は当社の者にホテルまで届けさせておきますから」

「そうですか、では、お言葉に甘えてお伴させていただきます」

入澤に案内をされたのは、一つ森公園にほど近い割烹料理屋の〈水月〉だった。そして上品な造りの離れの部屋に通された剣は驚いた。そこにはなんと山根博史がいたのだ。

「剣さん、二人よりも三人のほうが楽しいでしょう」

三人は顔を見合わせると声を出して笑った。やがて料理が運ばれてきて早い夕食が始まった。そして、しばらくすると入澤が口火を切った。

「剣さん、おおまかなお話は山さんから聞いていますが、私はどんなことをお話ししたらよいでしょうか？」

「はい、それではまず秋北建設について教えていただけますか？」

「秋北建設さんね。正直よそ様のことをあれこれお話ししたくありませんが、山さんから事情を聞いていますから、あえてお話ししましょうか。まず売り上げでは我が社を抜いて県内最大手のゼネコンといえるでしょう。先代・下城義明氏が戦後に興した会社で、現在の大輔社長は娘婿さんで二代目です。なんでも旧建設省のお役人だったと聞いていますが、先代が惚れ込んで娘婿にしたらしいですね。仕事としてはほとんど我が社と変わりませんが、強いて申し上げれば、公共事業への依存度がかなり高いかもしれません。それから大島代議士はもちろん、いろんな政治家とも密接な間柄と聞いています。また本業以外にも田沢湖と森吉山でリゾート開発などを手がけていますね。もっともこちらは、子会社の飛鳥企画が中心のようですがね」

「そうですか、確か小早川君の取材日誌の中にも飛鳥企画、そんな名前がありましたね。お話を伺っていて、おぼろ気ですが、輪郭を理解できたような気がします。次に国交省秋田河川国道事務所長白川誠さんとの関係はどうでしょうか?」

「白川所長さんですか。白川さんでしたら、年度途中でしたが本省にご栄転されたと記憶していますよ」

「それはいつごろでしょうか?」

「そうですね、はっきりとは覚えていませんが、かれこれ一年少々前だったと思いますね」

そこへ山根が割り込んできた。

「剣さん、入澤専務は同業者としてお話ししにくいこともあるでしょうから、私が若干補足しますよ。まず大輔社長ですが、出身の現国交省、特に先ほどお話に出ていました秋田河川国道事務所、それから宮城県仙台市にある上部機関の東北整備局、中でも局長の阿部克比古氏には、かなりどぎつい接触を繰り返していたようですね。何でも阿部局長は大輔社長のかつての上司とのことです。それから子会社の飛鳥企画は、表向きはリゾート開発会社ですが、裏では秋北建設の陰の部分を担当しています。そんなことから、これまでにも大仙市雄物川橋梁工事、仙北市の国道46号線バイパス工事などでも、下請け業者や地権者とあわや警察騒ぎになりそうなことを起こしています。そうした時にトラブルを処理しているのが、秋北建設の顧問弁護士、鈴木宗彦氏です。それでこの鈴木氏ですが、大島代議士の先代大島慎太郎氏の秘書だった人物です。そんなことからも大島代議士を軸とした、複雑な蜜月模様がおわかりいただけると思います」

山根はメモを見ながら説明をした。

「そうですか。ありがとうございます。ただあまりいろんな方のお名前が出ましたから、少し整理をしませんと、全体を描ききれないような気がします。申し訳ありません」

剣は二人に深々と頭を下げた。そんな姿を見た山根が言葉を繋いだ。

「剣さん、私もジャーナリストの端くれとして生きてきた人間です。ジャーナリストが反骨精神を捨てたら、世の中は真っ暗闇になってしまいます。そのいい例が先の戦争です。ましてや今回は小早川君が命を懸けていたことです。私も悔いを残さないように、いや、亡くなった小早川君に恥じないように力を合わせて精一杯やってみたいと思います」

山根の顔には生気がみなぎっている。

「はい、ぜひお力をお貸しください。それから彼は国交省秋田河川国道事務所長の白川誠氏にも興味を持っていたようですが、ただ先ほど来のお話ですと、白川氏は年度途中で本省に異動になっているようですね？」

「ええ、年度途中の突然の異動で業界でも驚きましたよ」

入澤は盃をテーブルの上に置くと、当時を思い出したように答えた。

剣はそんな入澤にさらに尋ねた。

「ところでその秋田河川国道事務所が扱った大きな事業にはどんなものがあったのでしょうか？」

「それはなんといっても日本海東北自動車道、仁賀保〜岩城間の工事ですね。工区はいくつかに分かれていて、それぞれＪＶつまり共同企業体が施行しましたが、その多くは中央の大手ゼネコンで、地元の業者は関連工事や下請けがほとんどというのが実態です。そんな中で秋北建設は随分と善戦をしましたね」

「善戦とは大手ゼネコンとのＪＶということですか？」

「ええ、特に鹿取建設、大森組とのＪＶでは中心的な役割を担ったと聞いています。そんなこともありまして、この不景気にもかかわらず秋北建設は飛ぶ鳥をも落とす勢いですよ」

と、山根の顔を見た。

「そうですね。やはり天の声が効いていますかね」

「天の声と言いますと、やはり大島代議士ですか？」

「いやいや、これはあくまで業界内の噂に過ぎませんよ。私も現役時代に何度も取材をしましたが、真相を解明することができませんでした。したがって記事にすることもできないまま、こうして定年を迎えてしまいました。なんとも情けない話です。ただ剣さん、こんな噂話は全国に数えきれないほど転がっているのが、今の日本の現実ではないでしょうか」

この後悔を含んだ言葉に、剣は山根元記者の無念さを感じ取った。そして、

「お二人のお話を聞きしまして大変参考になりました。山根さんや小早川君が取材をして解明できなかったことを、素人の私にできる自信はありませんが、今後もお二人のご協力をいただきながら、精一杯努力をしたいと思います」

と誓いの気持ちを込めて言葉を結んだ。

ホテルでの朝食を済ませたところに、竹内純子から電話が入った。

「おはようございます。剣さんはまだ秋田でしょうか？」

「うん、そうだよ」

「そうですか、ご迷惑をおかけして申し訳ございません」

「そんなことはいいけど、なんだろうか？」

「はい、大島代議士に関する調査を先輩がしてくれましたから、これからメールをします。ご覧ください」

「へえ、もうかい、さすがに早いもんだね。ではすぐに送ってください。それからこちらは山根さんの協力をいただき、今日から調査を開始するよ」

「ありがとうございます。それでは山根さんにもよろしくお伝えください」

「わかりました。山根さんは記者魂が蘇ったらしくて張り切っているね。それよりも東京で無茶はしないでくださいよ」

「はい、剣さんにご心配はおかけしませんから、ご安心ください」

　純子との電話を終えた剣は部屋に戻り、パソコンを起ち上げた。

　――大島代議士についてご報告します。

　現在永田町では、現内閣の一〇パーセント代まで落ちてしまった支持率をなんとか回復しようと、内閣改造が問いただされています。しかし与党の中には、内閣改造だけでは次の総選挙は戦えない。新しい総裁、総理の下で総選挙をすべきとの勢力も日増しに発言力を強めています。この急先鋒が大島代議士です。ただ大島代議士自身が次の総裁、総理の椅子を狙っているのではなく、次の次に照準を定めているようです。なぜなら誰が総裁、総理になろうとも、前回の総選挙で獲得した議席を確保できないことは火を見るよりも明らかだからです。それどころかいくつ減るのか、二桁で済むのかとまことしやかに囁かれています。中には総選挙後に、政界再編を唱えている人も少なくありません。それから内閣改造推進派の中には、大島代議士を重要ポストに取り込み、動きを牽制しようとする考えさえあります。また、大島代議士、正確には政治団体「出羽山会」名義ですが、都内の世田谷、品川、六本木、市ヶ谷、南青山に土地と建物を、さらに沖縄県にも二カ所土地を所有しています。先輩の話ですと「政界の不動産屋」と呼ばれているそうです。最後に大島代議士の公設秘書石岡氏が、頻繁に東京と秋田を行き来しています。

以上が今のところの報告です。剣さん、お身体にお気をつけてください。

※お酒はほどほどに！　純子

パソコンの電源を落とした剣は、ショートホープに火を点けると窓の外に目をやった。そして一連のことを考えてみた。丹後半島伊根町の小早川拳の家で取材日誌を見たことにより、秋田に出向き元新聞記者・山根博史、秋田建設・入澤一郎両氏の協力を得て多くのことがわかった。しかしこの程度のことは、小早川拳は当然知り得ていただろう。いやそれ以上のことを調べあげていたに違いない。そうでなければ剣と純子が、強引に至仏山での事故に結びつけた意義そのものが失せてしまう。しかし自分に小早川記者以上の調査ができるのだろうか。

剣はホテルの駐車場から山根博史に電話を入れた。

「私は一旦群馬に帰り、それから明日にでも東京に行って国交省に白川誠氏を訪ねてみようと思います」

「わかりました。ではそちらはお願いします。私は昔のコネを使って秋北建設、それから子会社の飛鳥企画を調べてみます。なに引退したとはいえ、私の記者魂はまだまだ捨てたものではないですよ」

剣は山根に礼を述べると愛車のランドクルーザーに乗り込み、五〇〇キロの帰路についた。

「それでは写真を撮らないで、探偵の真似事をしていたんですか？　それといつまでも若い時のように長距離運転をしていますけど、事故でも起こしたら大変ですから無茶はしないでくださいよ」

梓は、眉をひそめて剣を睨んだ。

「なんだよ急に年寄り扱いして。ランドクルーザーは長距離ドライブをしても疲れないから、心配はご無用ですよ。それから探偵ごっこばかりをしていたわけではないよ、秋田県と青森県側で白神山地を歩いて、しっかりとブナの撮影をしてきたよ。それよりも明日は東京に行ってくるぞ」

「えっ、今度は東京で探偵ごっこですか？」

「そんな嫌みを言うなよ」

「あなたのご自由ですけど、私とジュンちゃん、クロちゃんがちゃんとご飯を食べられるようにしてくださいね。それから忘れていたけど、脇田さんから電話がありましたよ。白神山地に行ったと伝えたら、帰ったら電話が欲しいと言ってました」

「なんだよ、そういうことは早く言えよ」

剣は携帯電話を取り出すと脇田京一郎にかけた。脇田はすぐに出た。

「白神山地の土産を待っていましたが」

「白神の土産はたくさんあり過ぎて、直接会わないと渡せないね」

「ほぉー、では明晩に例のサロンではどうですか？」

「明日か。明日は上京しなければならないが、七時頃には帰れるかな」

「わかりました。では明日」

脇田は勝手に電話を切ってしまった。

東京駅に着いた剣は、上武新聞東京支社に橋田支社長を訪ねた。

「剣さんが支社に来るなんて珍しいですね」

「うん、ちょっと支社長にお願いがあったものでね」

「私にお願いとはなんですか？」

「実は国交省の白川誠氏を訪ねたいんだけど、いきなりでは門前払いにあいそうな気がしたものだから、支社長に電話でアポを取って欲しいんだよ」

「私がですか？」

「そう、新聞社の支社長さんならば先方も無下に扱わないだろう。頼むよ」

「まあ、他ならぬ剣さんだから電話をしてみますか。部署はどこですか？」

「それが、一昨年までは秋田河川国道事務所長だったんだけれど、現在はわからないんだよ」

「えっ、それでは電話のしようがないじゃないですか？」

「これは俺の勘だけれども、道路に関係している部署にいると思っているんだよ」

「そうなると道路局か……。仕方ないな」

橋田はブツブツいいながらも電話を入れ、

「白川氏は退職をしていますね。これが自宅の電話番号だそうです」

と言って、剣にメモを渡した。

剣はメモを受け取ると、

「さすがは新聞社だね。助かったよ」

橋田に礼を述べて上武新聞を出た。そしてすぐに山根に電話をした。

「えっ、白川氏は国交省を辞めていたんですか？」

「はい、今電話で確認をしました。それで自宅を訪ねてみようと考えていますが、私は面識がありませんので、山根さんにアポをお願いできないでしょうか。電話は03－1234－×××です」

「わかりました。私は何度かお会いしてますから、早速電話をしてみます。しばらくお待ちください」

剣がコーヒーショップでタバコをふかしていると、山根から返事がかかってきた。

「会うそうですよ。今日の一時に小石川後楽園、なんでも江戸時代の水戸藩江戸屋敷跡で、テレビで有名な黄門様、水戸光圀ゆかりの大名庭園とか言っていました。念のために、剣さんの携帯電話の番号を伝えておきました」

剣はコーヒーショップを出ると、秋葉原の電気街をブラつき時間の調整をした。そして昼食を済ますとJR飯田橋駅を出て、以前見学をしたことのある小石川後楽園に向かった。

「失礼ですが、剣さんでしょうか？」

その声に振り返ると長身の男性がいた。

「はい、剣ですが、白川さんでしょうか？」

　ザックを背負い登山靴姿の剣に比べて、仕立ての良さそうな茶系のブレザーを着こなした白川誠は、いかにも紳士の出で立ちだった。

「今日は突然の申し出を聞いてくださってありがとうございます。それにしても、私がよくおわかりでしたね」

「ええ、山根さんからおおよその出で立ちは伺っていましたから」

　二人は挨拶を交わすと、入園料を支払い中に入った。そして池に面したベンチに腰を降ろした。

「ここには外来種が入ってなくて、すべて在来の植物だそうですが、なかなか貴重な存在になりましたね。私は時間があるとよくここを散歩するんですよ。本当は剣さんのように大自然の中を歩きたいのですが、なかなかそれができないものですね。ところで私にどんなご用でしょうか？」

「はい、単刀直入に申し上げますが、秋田河川国道事務所長時代のお話を伺いたいと、失礼を顧みずにお訪ねしました」

「やはり秋田時代ですか」

「はい」

「そうですね、山があり、きれいな川が流れて、そして日本海が広がっている。一般的な言い方をしますと風光明媚なところですね。それから美味しいものがたくさんありましたね。お酒も旨いの

がいっぱいありました。退職をしたら女房と住みたいねと話していましたよ」

「そうですか、ではお仕事ではいかがでしたか？」

「やはりそこですか、元新聞記者の山根さんから電話があり、剣さんが訪ねて来ると聞かされた時から、おおよその見当はつきました」

「恐れいります」

　剣は軽く頭を下げた。

「仕事は繁忙を極めていましたね。でも、こうしたお返事だけではご不満でしょうね」

「はい、申し訳ございませんがお察しの通りです」

「では新直轄方式の日本海東北自動車道のお話をしましょうか。そういえば以前週刊誌の若い記者も取材にみえましたね」

「その記者は小早川拳君とは言いませんでしたか？」

「ああ、その方です。確か戦国時代の大名のようなお名前でしたから、記憶に残っていますね」

「その青年記者ですが、昨年の夏に尾瀬の至仏山で亡くなりました」

「えっ、あの青年がですか？」

「はい」

「至仏山といいますと、やはり山岳事故ですか？」

「ええ、警察はそう発表していますが若干の疑問があります」

「そうですか、最近には珍しい反骨精神旺盛な立派な青年でしたが、残念なことですね。ちょっと待ってください、もしかすると日本海東北自動車道のことが関連しているのですか？」

「いえ、まだそこまでは決めつけていませんが、彼の取材の対象にはなっていました」

「剣さん、少なくとも私の在職中には不正は一切行われていません。これは天地神明に誓って断言できます」

「はい、私も山根さんも、それから秋田建設の入澤専務もそう信じています」

「入澤専務にもお会いしましたか……。懐かしいお方ですね。皆さんにそう言っていただき感謝します」

「そこであらためてお聞きしますが、所長時代にはいろいろな方面から様々な陳情、請願、平たく言えば圧力などがありましたか？」

「はい、日常茶飯事のごとくありましたね。しかし私は一切無視をして、はね付けてやりました。剣さんたちはすでにお察しでしょうから正直にお話ししますが、私が年度途中で本省に戻されたのは、そのためだと思っています。そんなことから宮仕えにつくづく嫌気が差しましてね。それから国交省にいた人間としては誠に言い難いことですが、出先の事務所などでは翌年の予算編成にあたり、特定の業者に相談をして予算を組み、執行にあたってはそれを丸投げすることが、公然となされていました。ですから国道などを走ってみますとおわかりのように、A区間はA社、B区間はB社というように、限られた業者が常に作業を続けています。つまり道路は仕事を生み出す打ち出の小槌と化しているんですね。だからといって三年そこそこで異動する私などには、それを正常の形に戻すことなど到底できないんですね。まあ、そんな様々なしがらみから、早く解放されたいという気持ちもありました。ですから子どもが独立したのを機に、定年を待たずに退職をしたのです。ある意味逃げ出したことにもなりますかね。それから長いこと道路行政に携わってきた私が申し上げるのも、いかがなものかとは思いますが、日本には際限なく道路を造り続ける以上に、例えば教育、医療、介護、そして福祉と差し迫まった課題が多いのが現状ですが、肥大化してしまった国交省の組織、そこから利権をむさぼる政治家との構図を早く変えないと、このままでは日本は本当に滅びてしまうかもしれませんね」

たとえ一般論と断ったとはいえ、白川の表情には無念の思いが表れていた。

「そうですか、なかなかご苦労がおありでしたね。今日は突然お呼出しをしたうえに、立ち入ったことまでお聞きしまして失礼しました。どうかお許しください」

「いえいえ、そんなお気遣いは無用に願います。自由人となりこれでも晴耕雨読、毎日楽しい人生を送っていますよ。時間ができたら妻と秋田に旅行したいといつも言っています」

剣は圧力について具体的な質問をしたが、それにはさすがに退職をしたとはいえ、勤務中に知り得たことは、守秘義務があるからと答えてくれなかった。しかし、一般論として天の声の影響は否定しなかった。

剣と白川は連れ立って小石川後楽園を巡り、入口のところで別れた。

群馬に帰った剣はサロンこと〈仙石〉に急いだ。

「剣さん、白神土産はどうしたの？」

「ああ、あれは生もので傷む心配があったから、俺が途中で腹の中に入れてしまったよ」

「警察官に嘘をつくと逮捕するぞ」

脇田京一郎と剣はジョッキを合わせて大声で笑った。

「ところで随分とご活躍のご様子ですな」

「まあね、ところで脇さん、以前話した至仏山の事故死の件だけどさ」

「ちょっと待ってくれ、そのことなら今入って来たご仁にお尋ねくださいよ」

言われて剣が振り返って見ると、横堀警部が直立に近い形で立っていた。

横堀は二人の間に腰を降ろすと、

「部長に呼ばれまして、お二人の監視に来ました」

「横ちゃん、監視とはなんだよ、そりゃ脇さんは立派な前科があるから、監視が必要なのはわかるけどさ、俺は優等生だよ」

　それには横堀も思わず吹き出してしまった。

「ところで剣さん、今夜はやはり至仏山での事故死に関するお話でしょうか？」

「ああ、さすがはエリート警部殿、脱帽です」

「具体的にはどんなことでしょうか？」

　剣はグラスを置くと、丹後半島伊根町の実家で見つけた小早川拳の取材日誌、至仏山で自ら検証したこと、そして秋田での出来事、さらに今日上京した目的などをかいつまんで説明した。

「剣さん、あんたは写真屋さんでしょう。小説やテレビの探偵さんみたいなことをしてると、梓さんに追い出されるぞ」

　脇田は剣を見つめた。

「ああ、そんなとこだね。でも脇さんはどう思う？」

「話としては面白い。いや筋も通っていると思うが、あくまで剣さんたちの仮説でしかない、これでは警察は動けないな」

「そうですね、尾瀬に精通している剣さんが、至仏山の現場で疑問を抱いても、私が部下に再調査を命じる材料としては、あまりにも無理がありますね。それよりも仮に剣さんの推理通りでしたら、剣さん自身に危険が及ぶ可能性がありますから、即刻この調査を止めて欲しいと思いますね」

横堀は警告した。

「横堀君、この人はそんな説教が通じるお人じゃないんだよ。君が止めろと言えば言うほど闘志を燃やすへそ曲がり者だよ」

「脇さん、へそ曲がり者はひどいな。しかし不肖写真家・剣平四郎は社会正義の名の下、奮闘努力を惜しまないことを宣誓します」

すっかり酔いの回ってきた剣に微笑みながら、脇田はある人物に電話を入れた。

「はい、剣さんはいつもの通りです。この性分ですから、明日にでも秋田に向かうと思われます。つきましてはご配意をお願いします」

「刑事部長、どなたに電話ですか?」

「うん、そのうちに君にもわかるよ」

脇田京一郎群馬県警刑事部長は、意味ありげに微笑んだ。

剣平四郎は再び秋田に向かい、秋田城跡で山根博史と落ち合った。二人は挨拶もそこそこに、秋田城跡から高清水公園の中をゆっくり歩きながら、お互いの情報を交換し合った。

「そうですか、白川さんはそんなことを言っていましたか」

「ええ、ところで山根さんのほうはいかがですか？」

「はい、まず秋北建設にはこれといった動きはみられませんね。ただ子会社の飛鳥企画では、社長の藤田勇氏と側近の早乙女静氏が頻繁に上京している様子です。それから大島代議士の地元事務所には、金庫番といわれています石岡秘書が、こまめに顔を出していますね。事務所の雑務をしていますおばさんにそれとなく尋ねたところ、地元担当のベテラン秘書が急に辞めたとかで、てんてこ舞いだと嘆いていましたよ」

「そうでしょうね。いつ総選挙があってもおかしくない時期ですからね。しかしなんでこの時期にベテラン秘書が辞めたんでしょうかね」

「さあ、詳しくはわかりませんが、どうも代議士とトラブルがあったようですね」

「ほう、その方に会ってみたいですね」

「やはり剣さんも興味がありますか？」

「はい、こちらに来るまでは、事務所に直接ぶつかろうかと考えていましたが、都合の良い方がいるようなのでぜひお会いしたいですね」

「たぶんそうおっしゃると思いまして、実はアポを取ってあります」

「いや、さすがですね」

二人はベンチに腰を降ろすと、互いにタバコを取り出しうまそうにふかした。

「ところで秋田に来て感じたのですが、随分と公園が多いですね」

「ええ、そうですね、ここ秋田城跡、高清水公園、千秋公園、一つ森公園、平和公園、それに手形山公園に八橋運動公園など、秋田市は市民の憩いの場が多いですね。そんなことも白川さんが住みたいと考えた一因かもしれませんね」

立ち上がった二人は、再びゆっくりとした歩調で歩き出した。そして、大島事務所を辞めたというベテラン秘書との待ち合わせ場所の〈魚源〉に向かった。


「早速ですが、元東日新聞の敏腕記者さんが私にどんなご用でしょうか？」

元秘書の橘薫《たちばなかおる》は挨拶もそこそこに切り出した。

「まあ、そう急がなくてもよろしいでしょう。ゆっくり食事でもとりながら大島先生に関するお話を二、三教えてくださいよ」

「山根さんはご存じありませんでしたか、私は大島事務所を辞めたんですよ」

山根は知らん振りをして橘に尋ねたが、事務所を辞めた割には機嫌がいいな、と剣は感じた。

「えっ、本当ですか？　まったく存じあげませんでしたね」

「どうもそんな気がしましたよ。ですから秘書でなくなった私では、山根さんのお役に立てないでしょう」

　山根は畳み掛けた。

「いつお辞めになったんですか？　記者仲間の間では次期男鹿《おが》市長選に、大島先生の応援を得て出馬、当選確実ともっぱらの噂でしたが。では市長選も断念なさるおつもりですか？」

　山根はテーブルに身を乗り出し、剣が感心するほど橘の話にオーバーに驚いて見せた。

「山根さん、今年は残暑が厳しいですね。ビールの一杯もいただいて構いませんか？」

「そうでしたね、気が利きませんで失礼しました。私もご相伴にあずかりますよ」

　山根はビールが届くと橘のコップに注いだ。橘はそのビールを一気に飲み干すと、

「新聞記者の皆さんはそんな噂をしていたんですか」

　と言って、気を良くしたようだった。

「はい、私は退職をしましたが、後輩記者たちからはそう聞いていますよ」

「記者さんたちがそう言ってくれるのは大変名誉なことですよ。いや、実際に最近までは私も大島事務所もそのつもりでした。自分から言うのもなんですが、私は大学を卒業してからすべてを大島に捧げてきたんです。大島もそんな私に感謝をしてくれましてね、次期男鹿市長選には事務所をあ

げて応援を約束してくれていたんです。正直、大島事務所の全面バックアップがあれば、まず当選は約束されたようなものです。大島も私の手を握り、これまで君には長年苦労をかけたんだ、当然のことだ、と言ってくれました。それがなんですか、夏頃になったら、突然、今回は石岡に譲ってくれ、その代わり君には別のポストを必ず用意する、と言い渡されたんですよ。私は千尋の谷に蹴落とされた思いでした。そんなことから大島に見切りをつけてこっちから辞めてやったんですよ」

「そんな理不尽なことがあったんですか。他人の私が聞いていてもとても許せない話ですね」

　山根は眉をひそめ不機嫌な表情で、同情を示した。

「そうでしょう、まったく理不尽な話ですよ」

「本当にまったく許せない話です。信じられませんね、だって今日の大島代議士があるのは橘さんの力があったからでしょう」

「山根さん、あなたは嬉しいことをおっしゃってくれますね」

　橘は心から嬉しそうにそう言うと、山根のコップにビールを注いだ。

「いやいや、これはお世辞なんかではなくて、記者の間では以前から語りぐさになっていた事実ですよ。東京に行っている大島代議士を支えているのは、城代家老の橘の力だと、皆が認めていましたからね」

　橘は注がれるままにビールを飲み干し、さらに饒舌になった。

「大島も大島なんですよ。なんでも石岡のいいなりになり、まるで淀殿と石田三成ですよ。それでもって男鹿市長選に石岡を出すなんて、私は絶対に許せないんです」

　今度は剣がビールを注ぎながら尋ねた。

「私は山根さんの友人ですが、今橘さんのお話を伺っていまして、私も大島代議士の仕打ちに腹立ちを感じました」

「そうですか、あなたも私の気持ちをわかってくれますか？」

　橘はさらに気を良くし、剣のコップにもビールを注いだ。

「もちろんですよ。私が橘さんでしたら、一発ぶん殴ってやりたい心境ですよ。人間として絶対に許せませんね」

「山根さんとあなた、確か剣さんでしたね、私は二人もの理解者にお会いできて嬉しい限りですよ」

「ところで、なんで急に石岡さんにしたんでしょうね？」

　剣が水を向けると、橘はここぞとばかりに話し出した。

「それは簡単な理由ですよ」

「と、申しますと？」

「石岡が秋北建設社長の後輩だからですよ」

「後輩というとやはり国交省ですか？」

「そうです、皆さんもご存じでしょうが大島は道路族のドンのひとりです。そんなことから男鹿市長に石岡を据えて、これまで以上に甘い汁を吸う腹づもりなんですよ」

橘は残りのビールを一気に飲み干した。

「それにしても、これまで献身的に支えてきた橘さんを、まるで消耗品のように使い捨てるとは、なんてひどい人だ」

と言いながら剣は拳でテーブルを叩いた。それを見て橘が話を続けた。

「私はこのまま石岡が男鹿市長になったのでは、恥ずかしくてこの秋田にいられませんよ。大島はたかが秘書のひとりぐらいと高を括っているでしょうが、必ず一泡吹かせてやりますよ。私は大島の表も裏もすべてを知り尽くしているんだからね」

そう言うと、橘はにんまりと笑った。

「そうですよ、そうでもしないと腹の虫が治まりませんよね。でも相手は代議士ですから手強いでしょう」

「なに、代議士であろうと大臣であろうと、こっちにはいくつもの武器があるからね、きっとギャフンと言わせてやりますよ」

「武器ですか？　それは随分と物騒ですね」

「ああ、お二人には明かせないけれど、強力な秘密兵器ですよ。これを私が持っている限り大島は私を粗末には扱えませんよ」

　そう言うと酔いが回った橘は寝込んでしまった。

「ちょっと飲ませ過ぎましたかね」

「いやいや、随分と興味深い貴重な情報を聞き出せて、大いに役立ちました」

　山根はそう言いながらテーブルの下から、小さなレコーダーを取り出した。

「私は橘さんのご相伴で飲んでしまいましたから、今日は帰りますが、剣さんはどうなさいますか？」

「そうですね、まだ日が高いからホテルにチェックインしたら、飛鳥企画でも訪ねてみます」

「訪ねるって、直接ですか？」

「はい、田沢湖リゾート地の話でも聞いてみますよ」

「そうですか、剣さんですから心配はないと思いますが、飛鳥企画の総務部長・早乙女静氏にはくれぐれも気をつけてください、名前は上品ですが、某大学の空手部出身の猛者で、社長の用心棒とも言われている男と聞いています」

「そうですか、ご忠告ありがとうございます。自慢ではありませんが、腕力はからっきしですから十分注意をします」

　剣は山根の忠告に礼を述べると、ホテルで酔いを覚してから飛鳥企画に向かった。

飛鳥企画は市立体育館近くのビルにあった。剣がドアを開けると若い女性が笑顔で応じた。

「私は東京から来た旅行者ですが、ホテルのフロントで別荘のパンフレットを見たものですから、ちょっとお邪魔したのですが」

「そうですか、ありがとうございます。当社は田沢湖と森吉山に温泉付き別荘を揃えていますが、お客様はどちらをご希望でしょうか?」

「そうだな、実は春に角館に桜見物に来た際に田沢湖に立ち寄りましたら、女房が田沢湖を気に入ってしまいました。田沢湖でしたら新幹線でも来られますし、何かと便利だと言っています」

女性はコーヒーをいれると資料を広げて説明を始めた。その時ドアが開き二人の男性が入って来た。それを見た女性は立ち上がって、

「社長、お帰りなさい」

と声をかけた。その男性二人も剣に向かって、

「いらっしゃいませ」

と丁寧に挨拶をしてから、事務所の奥のドアを開けてその中に消えた。剣は瞬間に社長と一緒にいた大柄でがっしりした体格の男を、早乙女だと判断した。そしてさりげなく女性に尋ねた。

「社長さんは若くてかっこいいね。今風に言うとイケメンですね。それからもうひとりの人は野球

の選手みたいですね」

「お客様、社長はスポーツマンでクラッシックが好きなジェントルマンですよ、それから、一緒にいたのは総務部長の早乙女ですが、学生時代はアメフトの選手で大学選手権にも出ていました」

あれ、早乙女氏は空手部ではなかったか？

「ほう、そうしますとこちらはスポーツマン揃いですね。私のような中年からしますと、スポーツに汗を流す若い人は眩し過ぎますよ」


剣は適当に時間を潰すと、たくさんの資料をもらい飛鳥企画を後にしてホテルに戻った。そしてテレビを観ていると、チャイムが鳴り、剣がドアを開けるとそこにいかつい顔をした男が二人いた。

「夜分失礼ですが、剣平四郎さんでしょうか？」

坊主頭で小太りの年配の男が声をかけた。

「はい、そうですが。あなた方は？」

「私は秋田中央警察署刑事課の伊達、連れは同じく小鹿野です」

そう言って、二人とも胸ポケットから警察手帳を出して剣の目の前に見せた。

「はあ、で秋田の刑事さんがどんなご用でしょうか？」

「ここで立ち話もなんですから、お部屋にお邪魔させていただけますか？」

剣はやむなく二人を招じ入れて、椅子を勧めた。

「早速ですが剣さんは、大島代議士の元秘書・橘薫氏をご存じですね?」

「ええ、ご存じといえるほどではありませんが、今日初めて〈魚源〉で会食をしましたが、それが何か?」

「その橘さんですが、今日の夕方、雄物川河口で水死体で発見されました」

「えっ! 何ですって、それは本当ですか? だって数時間前まで一緒に食事をしていたんですよ」

剣は心底驚いた。

「はい、わかっています。ですから我々が、こうして橘さんが最後に会ったと思われる人をお訪ねしているのです。つまり生前の橘さんと最後に会ったのが剣さん、あなたと元東日新聞記者の山根博史さんです」

「刑事さん、つまり橘さんは我々と〈魚源〉で会食した後、帰り道で亡くなったということですか?」

「ええ、我々はそう考えています」

「確かに三人で会食をしましたが、帰りは橘さんは相当酔って寝込んでしまいましたから、私と山根さんは彼を〈魚源〉に残し、先に失礼したんですよ」

「はい、それは〈魚源〉の仲居さんからも聞いています。ともかくですね、生前の橘さんと最後に

会っていた人として、少し詳しくお話を伺いたいので、署までご足労いただけないでしょうか？」

「そんなことを言われても、私は何も関係していませんよ」

「はい、そうしたお話を含めて署でお伺いします。それからすでに山根さんのところにも刑事が出向き、同様のお願いをしています」

言葉こそ「お願い」と丁寧に言っているが、有無を言わせない態度に剣は渋々同行することにした。そして秋田中央警察署に着いた剣は、なんと取調室に入れられた。

「ちょっと刑事さん、ここは取調室でしょう。これでは私が橘さん殺しの犯人のようじゃないですか？」

「剣さん、警察は予算が少なくこんな部屋しかないんですよ、ご勘弁ください。それから本官はまだ一度も橘さんが殺されたとは言っていませんよ。あくまで雄物川河口で水死体で発見されたとお話ししただけです。それなのにどうして殺されたとわかるんですか？」

「それは屁理屈ですよ。人が突然亡くなって刑事課の刑事さんが訪ねて来れば、誰だって殺人事件と思うでしょう」

「ほう、剣さんは殺人事件と断定するんですか。まあいいでしょう、これからその根拠をじっくり伺いましょう」

「刑事さん、そう簡単に決めつけないでくださいよ。私はあくまで一般論をお話ししているだけですから」

「わかりました。ともかく本官の質問にお答えください」

仕方なく剣は運転免許証を提示して住所、氏名、職業、秋田に来た目的を伊達に伝えた。ただ目的は白神山地などの撮影に来たと嘘をついた。そして伊達の事情聴取が二時間を超えようとした時に急にドアが開き、人が入って来た。

「誰だ、取り調べ中だ!」

そう怒鳴りながら伊達は振り返ると、その瞬間に直立不動で立ち上がり、

「本部長!」

と叫び、敬礼をした。

「先輩!」

本部長と呼ばれた人物が剣に声をかけた。

「なんだ、内田君じゃないか、久し振りだね。君は今秋田勤務かね。まさかこんなところで会えるとは思ってもみなかったよ」

剣がバツの悪そうな表情でそう言うと、

「はい、すっかりご無沙汰をしています。私もまさか先輩に取調室でお会いできるとは思っていませんでした」

内田秋田県警本部長は笑顔で答えた。伊達はわけがわからず目をキョロキョロさせていた。

「それはご苦労様。で、よく私がここに連れられてきたのがわかったね」

「はい、あの方から電話をいただきまして。駆けつけました」

「あの方と言うと、あの方かね？」

「はい、官房長です」

「また、どうして知れたんだろうか？」

「何でも奥様から群馬県警察本部刑事部長に電話がいき、そこから官房長に連絡が行ったと聞いています」

「参ったな、それじゃうちの奥様にバレてしまったわけか」

「ともかくここを出てくださいよ。そうでなくては私が官房長に大目玉をくいます」

「でもさ、まだこの刑事さんから取り調べを受けている最中なんだよ」

内田は伊達を見ると、

「君、すぐに署長を呼びたまえ」

と命じた。間もなく秋田中央警察署長が駆けつけて来て、剣は署長室に案内された。剣が山根と伊達の同席を求めたことから、二人も署長室に姿を見せた。剣は山根にご迷惑をおかけしますと詫びると、これまでの経緯を話した。そして内田に言った。

「内田君、俺はもう警察の人間じゃないんだから、その先輩はやめてくれないか」

「しかし、先輩はやはり先輩ですから仕方ないじゃないですか。それよりも官房長は先輩に警察庁に戻って欲しいと言っていましたよ」

「越前さんもバカげたことを言っているね。とっくの昔に辞めた人間が戻れるはずがないだろう。第一、警察庁だってお役所だよ、若い人ならともかくこんなおじさんを雇えるはずがないじゃないか」

「はい、でも官房長はそう言っています。先輩も考えてみてください」


剣は内田を交えた伊達と署長の三人に、これまでの経緯をかいつまんで説明をした。

「確かにストーリーとしては興味が湧きますが、それはあくまで小説やテレビドラマの世界であって、特に至仏山での事故死を事件死としてあらためて調べるのは、あまりにも強引な手法に思えますが」

「うん、確かに内田君の意見が正論なんだよ。しかしそれでは結局、至仏山での滑落の不自然さが残ってしまう。私は至仏山で検証した自分を信じたいんだよ」

「私も先輩、いや剣さんの経験に基づく考察は尊重しますが……。ところで署長、剣さんを任意同行した嫌疑は何かね」

その問いには伊達が答えた。

「なるほどわかった。では伊達刑事、私が剣さんと山根さんの身元引受人になるから、今日のところは解放してくれないかね」

「はい、本官も剣さん、それから山根さんからは意見を聴取していただけですから、まったく異存はありません」

「そうかね、では署長もそれで構いませんね」

内田の問いに、冷や汗を拭いていた秋田中央署の署長は即座に答えた。

「はい、本部長にはご面倒をおかけしてしまい、申し訳ございませんでした」

「そうですか、それでは皆さんご苦労様でした。以上で解散とします」

と宣言をして内田は腰を上げた。そして、

「先輩、これからご一緒していただけせんか？」

と剣に声をかけた。

「うん、ありがとう。近いうちにお邪魔するよ。しかし今日はこちらの刑事さんに聴いていただきたいものがあるから、もう少しここにお邪魔しているよ」

剣は山根と伊達を見ながら答えた。

「そうですか、では近いうちに必ず、ですよ」

内田は剣に笑顔で伝えると、署長とともに署長室を出て行った。それを見送った剣は、早速伊達に声をかけた。

「刑事さん、確か伊達さんでしたね、ここでは何ですから他の部屋はないでしょうか？　できれば取調室以外が嬉しいのですが」

「はい、ではご案内します」

剣と山根が案内されたのは普通の会議室だった。伊達は名刺を出すとあらためて挨拶をした。それには捜査係長警部補とあった。また同席した小鹿野は巡査部長、つまり部長刑事の肩書きだった。

「お二人は、山根さんはご存じですね」

「もちろんです。現役時代は手厳しい記事を随分書いていただきました」

「ではその山根さんから、面白い録音を聴かせてもらいましょう」

山根は今日録音をしたレコーダーの再生スイッチを入れた。最初は不承不承聴いていた二人の刑事は、次第に真剣な顔つきになっていった。そして長い時間が流れて会話が終わっても、二人の刑事は身動きひとつしなかった。そんな刑事に剣は言葉をかけた。

「どうでしょうか、興味が湧きませんか？」

「いやー、驚きました。橘さんはこの会食後に亡くなったことになりますから、大いに関心があります。いや関心なんてものじゃなくて、重要な捜査資料ですよ。どうでしょう剣さん、今夜はだいぶ遅くなりましたから、明日あらためて、署までご足労いただけないでしょうか」

「そうですね、では、明日山根さんとお邪魔しましょう」

剣と山根は連れ立って秋田中央警察署を出ると、ホテル近くの居酒屋に入った。

「山根さん、驚きましたね」

「そうですね、私も耳を疑いましたよ。刑事さんが我々のところに来たことから考えると、橘さんの死に何か不自然さがあるからでしょう。まあ、明日警察に行けば、その辺りはある程度クリアになるでしょうね。それより私が驚いたのは、剣さんが元警察官、それも警察庁のキャリアだったことですよ。剣さんもお人が悪いですね」

「はあ、昔のことですよ。別に隠していたわけではなくて、お話しをする必要性がなかったのですが、ひょんなところで知られてしまいました。面目ありません」

二人は軽くビールを飲むと居酒屋を出て別れた。そしてホテルに戻った剣は梓に電話を入れた。

「いや、参った、参ったよ。もう少しで殺人事件の容疑者にされそうだったよ」

「何をおっしゃっているんですか、いきなり警察、しかも秋田の刑事さんから電話があって、剣平四郎さんはお宅のご主人ですか、秋田にはどんな目的で……なんて根掘り葉掘り訊かれたんですよ」

「本当かよ、それは面目ない」

「だから何度も言ったでしょう。探偵ごっこはお止めなさいって。仕方ないから私が脇田さんに電話をしたら、一晩くらい食事付きの無料の宿に泊まってもらいますか、とおっしゃって笑っていましたよ」

「君も脇さんも趣味が悪いね」

「あらそうですか、でもその趣味の悪い人のお陰で無事に解放されたんでしょう。文句を言わないで、感謝の一言くらい言って欲しいですわね」

「わかったわかったよ。もう大感謝様々ですよ」

「では、今回のことは目を瞑りますが、今後皆さんにご迷惑をおかけしないようにしてくださいね」

梓はそう言うと電話を切ってしまった。剣は携帯電話をテーブルの上に置くと、冷蔵庫から缶ビールを取り出し栓を開けた。そしてひと口飲むと考えた。

――それにしてもつい数時間前まで一緒に飲み、大島に対して自信満々の笑みさえ浮かべていた橘が、今は雄物川河口で水死体として発見されてこの世にいない。信じ難いが動かすことのできない事実だ。警察は事故と事件の両面で捜査を開始したが、不慮の事故としてはあまりにも大島に好都合過ぎないか。橘の話から想像するに、すでに秘密兵器をちらつかせて大島との接触を計ったに違いない。そしてそれ相応の確約を得ていたのだろう。そうでなければあれほど自信満々で我々に披露するはずがない。そう考えると事故ではなく、事件性が断然に強くなるが、一体誰が……。

翌朝、剣は山根を伴って秋田中央警察署を訪ねた。

伊達刑事が二人を出迎えて、昨夜と同じ会議室に案内した。

「昨夜は失礼しました。早速ですが、これまでにわかっています橘薫氏の行動をお話しします。橘氏は午後四時頃に目を覚ましてタクシーを呼び、雄物川河口で降りたようです。これは〈魚源〉の仲居、それからタクシーの運転手の証言です。運転手の話ですと、海風に当たって酔いを覚ますと話していたそうです。そして水死体として発見されたのが午後六時過ぎです。つまりこの二時間という短い時間に誤って溺れたか、あるいは他の理由で溺れ死んだとみています。それから橘氏の身辺捜査から自らの意志、つまり自殺は除外しています」

「そうですか、そうなりますと事故か事件ということになりますね」

「はい、私は昨夜、〈魚源〉での録音を聴いて事件性の印象を深めました。それから部下の報告ですと、奥さんに大島代議士は退職金をくれずに、まるでボロ雑巾のように俺を放り出したが、退職金は利子を付けて自分の手で受け取ってやる、と話していたそうです。こうしたことを勘案しますと、なんらかの事件に巻き込まれたと考えるのが、素直な選択だと考えます。つまり橘さんは何かを餌にして、大島代議士をゆすったのではないかと考えられます」

「そうですね、伊達さんのお話を伺いますとそう考えるのが自然ですね。山根さんはいかがでしょうか？」

「ええ、私も同感ですね。そうなりますと橘さんが昨日話していた〝強力な秘密兵器〟が気になりますね」

「私も今それを考えていました。しかし私たちにそれを調べる術はありませんから、こうした調査は伊達さんにお願いするしかありませんね」

「はい、私も録音を聴いて関心を持ちましたから、部下に家宅捜査を命じてあります。したがってその秘密兵器の解明は間もなくできると思います」

伊達は二人に胸を張って言った。

「伊達さん、これまでの情報を整理しますと、橘さんの死には大島代議士が関係していると考えられそうですね。ただ仮にも現職の代議士ですから、どんな事情にしても自ら橘さんを水死させる、つまり殺人のような凶行に及ぶとは考えられません」

「はい、それは私も同じ考えです」

「そうなると、別の第三者が代議士の意思を汲み取って実行したと考えられます。ただ殺人を犯すということは、相当の覚悟を決めないとできません。そうした人物が大島周辺にいるでしょうか」

「難しい質問ですね。一般的にはいないでしょうが、直接大島周辺ではなくて、利害を共有する範囲まで広げればあるいは……」

その時ドアがノックされて刑事が二人入って来た。

「係長、橘氏の自宅を調べましたが、その秘密兵器と思わしき物は発見できませんでした」

「なに、出てこない」

「はい、くまなく探しましたが係長の言っていたような物は出てきませんでした」

「例えば手帳とか、日記とか、今だからパソコンの中とかも調べたのかね」

「はい、申し訳ございません。ただ奥さんがですね、主人は若い頃水泳の国体選手だった。だから酔っていたとはいえ溺れるはずなんか絶対にない、誰かに殺されたんだと泣きながら訴えるんですよ」

「何、元国体の選手だと。本当か？」

伊達は若い刑事を睨みつけて大声で叫んだ。

「はい、このことは橘氏の知人から裏も取りました」

若い刑事の報告を聞いた伊達は、剣たちに向かって言った。

「お聞きの通りです。いやー驚きました。橘氏が国体の水泳選手だったとは。しかし、秘密兵器を発見できず面目ありません。こうなりますとますます事件性が強まってきましたね」

伊達はズボンのポケットからハンカチを取り出すと、額の汗を拭いた。

「そうですね。これで橘さんが殺害された公算が濃厚になってきましたね」

剣は頷きながら伊達と山根の顔を交互に見ると、言葉を続けた。

「それから橘さんの言う秘密兵器が見つからないとのことですが、私と山根さんに自信満々に話していた様子や、奥さんの話しの様子からガセ、つまり冗談や嘘ではないはずです。橘さんはどこかにその秘密兵器を隠し持っているはずです。そしてそれは、大島代議士にとっては命取りになる物に違いありません。そう考えなければ、橘さんの死は単なる事故死になってしまいます」

剣は自らの推理を確認しながら伊達に言った。それに対して伊達も頷き、

「ともかく全力を挙げて捜査をしていますから、吉報をお待ちください」

と胸を張った。

剣と山根は伊達の言葉を潮に、秋田中央警察署を出た。

「剣さんこれからどうしますか？」

「そうですね、山根さんさえご迷惑でなければ男鹿半島《おがはんとう》に行ってみたいですね」

「なるほど、男鹿ですか。剣さんも橘さんが話していた男鹿市長選の件が気になりますか。ではお伴しましょう」

二人は剣のランドクルーザーに乗り込むと市街地を抜けて、秋田港にある高層タワーセリオンの脇を通り海沿いに男鹿半島を目指した。そして男鹿市船川港に近い寿司屋〈勘九郎〉に入った。山根の馴染みの店だった。

「しばらく」

山根は暖簾をくぐると奥に声をかけた。

「あれ、山さん。いらっしゃい」

かっぷくのいいおやじが現れた。山根は剣を紹介するとカウンターに腰を降ろした。

「久し振りに男鹿に来たら、無性に大将の寿司が食いたくなって寄ったよ」

「相変わらず嬉しいことを言ってくれるね、山さん」

山根は適当に注文をすると、お茶を飲みながら大将に尋ねた。

「来年は市長選で賑やかになるね」

「ええ、ところが最近は警察がうるさくてさ、寿司屋はサッパリだよ」

「確かに、昔のように派手な運動はできないからな。でもほぼ決まりなんだろう」

「それがさ、最近まで出馬は間違いないと言われていた橘さん、ほら大島代議士の秘書さんさ、急に出馬を取りやめたと思ったら、気の毒に、昨日雄物川河口で死んじゃったじゃないか。まったく人間の運命なんてわからないね」

「そういえば新聞に出ていたね。大将は親しいんだろう」

「ああ、ご贔屓にしていただいていたからさ、母ちゃんとも話したんだけど、明日の告別式に出てお別れを言ってこようと思っているんだよ」

「そういえば奥方の姿が見えないね」

「あいつはそんなことで美容院に行ってますよ」

「なるほど、女性は大変だね。ところで市長選には誰が出るんだろうね」

山根は知らない振りをして尋ねてみた。

「そりゃもう東京で大島代議士の秘書をしている、石岡さんに決まっているよ。この前も公民館で挨拶をしていたよ」

「ほう、そうすると新市長はその石岡さんに決まりだね」

「ああ、そんなとこだね。それにしても橘さんは長年大島代議士に仕えてきたのに、代議士も薄情だという人もいるよ。うちの母ちゃんなんかかわいそうだと泣いていたもん」

大将は寿司を握りながら呟いた。

「ところで、石岡秘書はここ男鹿の人かい」

山根は寿司をつまみながら尋ねた。

「いや、違うよ。確か東京だったか神奈川か、ともかく関東の出身だと思ったよ」

「じゃあ、なぜ男鹿市長選に出るんだろうか」

「それは山さん、奥さんの節子さんが男鹿の戸賀の出身だからだよ」

「戸賀というと西海岸の男鹿水族館がある辺りだね」

「ああ、何でも奥さんの亡くなった父親が、大島代議士の先代、愼太郎さん時代からの後援会幹部いよ」


だった。そんな話だね」

「では石岡夫人は故郷に錦を飾るわけだ」

「そうだね、だからうちの母ちゃんなんかさ、しがない寿司屋の女房で一生終わるのか、と嘆いていますよ。それからこれはあくまで噂だけどね、石岡さんは中央官庁、特に国交省に顔が利くらしいよ」

「へえ、そんな話もあるんだ。ところでその節子さんの実家はどんなお宅なんだろうか」

「ええ、〈戸賀土建〉という土建会社で、節子さんの兄さんが社長を務めて手広くやってるね。会社は市役所の近くだけれど、社長の自宅は今でも戸賀にあって、これが男鹿では有名な豪邸でさ。山さんも一度見てご覧よ、きっと驚くよ」

「ほぉー、奥さんの実家はそんな豪邸なんだ」

山根は頷きながら剣を見た。そんな山根に大将が言葉を続けた。

「山さん、これもあくまで噂だけどね、橘さんは長く大島代議士に仕えたといってもしょせん国家老ですよ。つまり中央官庁とのパイプはまったくない。そんなことから石岡さんに乗り換えたんじゃないかな？　そう言ってる人がいるね」

「なるほどね。いかにも計算高い大島代議士らしいね。ところで大将、さっきの女将の話だけどさ、大将に惚れて押しかけて来て、寿司屋の女将で幸せなんじゃないかい。何と言ったって、毎日大将が握る旨い寿司が食えるんだからね」

山根は声を出して笑った。そしてもう聞くことがないと判断すると、支払いを済ませて店を出た。そして剣に言った。

「大島が、橘から石岡に乗り換えた輪郭が見えてきた気がしますね」

「ええ、それにしても政治の世界はあまりにも複雑怪奇で、私のような凡人には到底推し量れませんね」

剣は胸のポケットからタバコを取り出すと、火を点けた。

「ところで山根さん、せっかく男鹿半島に来たんですから、もう少しドライブを楽しみませんか?」

「いいですね。私も随分と久し振りなので、ぜひお願いします」


二人を乗せたランドクルーザーは県道59号線を鵜ノ崎海岸、ゴジラ岩と進み、男鹿水族館の近くに停まった。その時に剣の携帯が鳴った。竹内純子からだった。純子は挨拶もそこそこに用件を伝えた。

「政治担当の先輩からの情報ですが、大島代議士が新しく勉強会を立ち上げるそうです。名目は勉強会となっていますが、実際のところは派閥の旗揚げではないかともっぱらの噂のようです。そしてその勉強会には若手、中堅を含めて七十から八十名の衆参の議員が、参加を表明しているらしい

ですよ。先輩の話ですと次期総選挙を睨んで、いわゆる餅代目当てでの参加者が多いのではと言っています」

「ほう、大島はそんなに資金があるのだろうか」

「はい、随分と羽振りがいいらしいとのことです」

「なるほど軍資金は潤沢にあるというわけだね」

「はい、先輩はそう見ています。ところで、剣さんの調査はいかがですか？」

「そうだね、なんといっても素人探偵もどきだから、ボチボチかな。ただ山根さんが一緒だから心強いよ」

「そうですか。ご苦労様です。ではまた何かわかりましたらご連絡します」

純子の電話を切った剣は、一緒に聞いていた山根の顔を見た。

「なるほどね、政治家はまさに妖怪ですね。私はしがない田舎のブンヤで幸せでしたよ」

これには剣も声を出して笑った。そして山根に言った。

「どうでしょうか、ここまで来たのですから戸賀土建でも眺めていきませんか？」

山根もそれに頷いた。

剣は車を降りると、自動販売機の置いてある小さな店に入った。そしてすっかり腰の曲がった老婆を伴って出てきた。老婆は道路の先の小高い場所を指差しながら、なにやら剣に伝えていた。やがて剣は老婆に丁寧に礼を述べると、ランドクルーザーに戻ってきた。

「お待たせしました。戸賀土建の社長宅を教えてもらいました」

剣は山根に告げると、ゆっくりと車をスタートした。そして曲がりくねった道をしばらく進むと停まった。

「タバコ屋のお婆ちゃんが、神社のようなデッカい家だからすぐわかると言っていましたが、なるほどすごい豪邸ですね」

剣はウインドガラス越しに指差した。

「本当ですね。まるで豪商か豪農の館といった建物ですね」

山根も豪邸を見つめた。そして剣に、

「やはり公共事業を相手にしないと、こうした家には住めないんでしょうかね」

と、ポツリと言った。

「そうですね、私は仕事柄全国を歩いていると、各地でこうした豪邸を目にしますが、公共事業に依存している土建業の方に、我々庶民感覚からはかけ離れた立派なお住まいを多く見かけますね。山根さんは、こんな豪邸に住んでみたいと思いますか？」

剣の問いに山根は真顔になり、手を大きく振りながら、

「とんでもない。女房に掃除が大変だと、どやされますよ」

二人はお互いに「貧乏性ですね」と、笑うと戸賀士建を後にして、ランドクルーザーを秋田市に向けた。

「寿司屋の大将の話は、橘さん、それから男鹿市長選に出馬する石岡秘書と奥さん、さらに大島代議士の後援会の幹部・戸賀士建と、興味深い話が聞けて男鹿半島へのドライブも収穫がありましたね」

「そうですよね。それにしても複雑な利害関係の絡み合いには、今さらのように政治の世界の魑魅魍魎《ちみもうりょう》を思い知りましたよ」

二人は流れる風景を見ながら、互いに感想を述べた。

秋田市内に入った剣は、秋田城跡近くで山根を降ろすと、昨夜受け取った名刺を取り出して、内田秋田県警本部長に電話を入れた。幸いに内田は席にいた。

「わかりました。では先輩すぐにでも寄ってくださいよ」

「おいおい、県警本部長室に行くのかい？」

「はい、ここではいけませんか？」

「いけなくはないけど、あまり好きこのんで行きたい場所ではないな」

「ではどうします？」

「そうだな、天気も良いことだし、昔を思い出してドライブをしないか」

「ドライブですか？　いいですね。ではすぐに迎えに来てください」

「すぐにって、本部長ってそんなに暇なのか？」

「暇ではありませんよ。でも他ならぬ先輩のお誘いですから、万障繰り合わせて参じますよ」

「そう、嬉しいね。ではすぐに迎えに行くよ」


　秋田県警察本部前で内田を乗せた剣は、国道7号線を南下した。

「先輩は相変わらずランドクルーザーに乗っているんですね」

「ああ、かれこれ四半世紀浮気もしないで、ひたすらランドクルーザーに乗り続けているよ。そういえば内田君はスポーツタイプの車が好きだったね」

「ええ、そうですね。若い頃は警察官の身分を忘れて随分と飛ばしましたが、家庭を持ってからはすっかりおとなしくなりましたよ。今はもっぱらチャリンコでエコに貢献していますよ」

「へえ、あのスピード狂の君が車を降りて自転車とはね、やはりお互いにいい歳になった証拠だね」

「まあそんなところですかね。もっとも県警本部長がスピード違反で捕まっては、笑うに笑えませんからね」

「それはそうだね」

たわいない話をしながら剣は、眼下に日本海を見渡せるところに車を停めた。そして近くの自動販売機でコーヒーを買うと、

「どうかね、少し潮風に当たらないかね」

と内田を誘った。そして西陽に眩しく煌めく日本海を見つめながら、

「少し仕事の話をしてもいいかい」

「そんなことだと思っていましたよ。先輩が美しい日本海を見せたくて、私をドライブに誘ってくれるはずはないですよね」

「すまないね。実は……」

剣は男鹿半島で知り得たこと、そして純子からの電話の内容を伝えた。

「そうですか、さすがは剣さんですね。中央署も大喜びでしょうね。このままですと捜査本部が設置されますよ。でもそれでは先輩はお困りなのですね」

「ああ、そうなんだ。捜査本部が設置されれば、いやおうなしにマスコミが派手に取り上げる。それでは相手に警戒されてしまい、調査がやり難くなってしまう心配がある。したがってしばらくはあくまでも事故扱いとして、内偵の形で捜査を進めて欲しいんだよ」

「わかりました。我々としてもまだマスコミには騒がれたくないので捜査本部の設置は延期しましょう。ただし、署長など幹部にはその旨を伝えますが、それでよろしいでしょうか？」

「ありがとう」

　剣は内田に頭を下げた。

「やめてくださいよ。それより先輩がそこまでこだわるところをみますと、早期解決を期待してよさそうですね」

「ああ、そう願っているよ。そうでない時は私の敗北でお宮入りになるだろうね」

　二人は赤く染まって水平線の彼方に落ちて行く夕日を見送ってから秋田市内に戻った。


　そして剣は三たび秋田中央警察署を訪ねると、伊達と会議室に入った。

「お忙しいところをすみませんが、伊達さん、私の仮説を聞いてくれますか？」

「もちろんですよ、ぜひお聞かせください」

「ではまず、橘さんがいなくなって得をするのは誰だと思いますか？」

「それは石岡秘書でしょうね。何と言っても男鹿市長の椅子が約束されるわけですからね」

「そうでしょうか」

「違いますか？」

「間違いではありませんが、男鹿市長の件は大島代議士の意向ですでに決まっていました。それで橘さんが大島事務所を辞めることになりました」

「では剣さんは大島代議士が怪しいと」

「はい、単純な利害関係だけでしたらもっとも疑わしい人物になります。しかし大島氏は仮にも現職の代議士です。おそらくその時間も東京にいたでしょう。またそうでないにしても、そんな愚行を自らの手で行うはずがありません。これは揺るがないでしょう。ただ事務所を辞めた橘さんは大島代議士にとって、それまでの忠実な秘書から危険な存在に急転してしまったのです。それは伊達さんも録音を聴いて、あるいは奥さんのお話からも感じたと思います」

「はい、おっしゃる通りです。では……」

「大島代議士の意を酌んだ人物です。この場合は大島代議士の指示を受けてということではなく、あくまで自主的に意を酌んだ人物とお考えください」

「なるほど、そうですね。市長選に立候補する石岡秘書は、そんな危険なことはしないでしょうし、他の秘書の中にいますかね」

「いや、秘書の中にはいないと思います」

「そうしますと難しいですね」

「そうでしょうか。大島代議士ともっとも蜜月関係にある秋北建設、あるいは子会社の飛鳥企画の藤田勇社長と総務部長の早乙女静氏など、臭いと思いませんか？　私は秋田に来て知り得た情報から、これらの人物に強い関心を持っているんですが」

「飛鳥企画の藤田と早乙女ですか？」

「そうです。山根さんのお話では過去にも随分と派手に活躍していたそうですね。そこで、秋北建設と飛鳥企画のことをもう少し詳しく知りたいのです。わかる範囲でいいですから、教えていただけませんか？」

「そうですね。えーと、秋北建設の下城社長は旧建設省の出身です。その下城社長が東京から連れて来たのが飛鳥企画の藤田勇で、二人が知り合った頃の藤田は業界紙『建設日報』の記者をしていたそうです。そして秋田で飛鳥企画を持たせて現在に至っています。そんなことから、利害関係を含めて相当親密だとみられます。つまり下城の意向は何でも忠実に実行するのが藤田です。またこの藤田の片腕といわれているのが、総務部長の早乙女静です」

「そうですか、藤田社長は下城社長の意思通りに動くということですね。では藤田社長と早乙女部長の関係はどうでしょうか？」

「その辺りは、二人が忠実な主従関係だとはわかっているのですが、あまり詳しいデータは持ち合わせていません」

「なるほど、それでことあるごとに、この藤田と早乙女の二人がきわどい行動を起こしているのですね」

「ええ、まあ建設業界は昔から血の気の多いのが集まっていますから、どうしてもトラブル、つまり喧嘩沙汰が起きやすいんですよ。我々としても仲間内の些細なことには目を瞑っていますが、時には見かねて指導をしているような状況です。それから飛鳥企画には、秋北建設の顧問弁護士が付いていまして、なかなかやり難いのも事実です」

「顧問弁護士といいますと鈴木宗彦氏ですか?」

「はい、剣さんはよくご存じですね」

「いえ、たまたま知ったんですよ。それよりもこの藤田と早乙女の二人の身辺調査を、迅速かつ徹底的に行う必要性を感じます」

「そうしますと二人が犯人だと」

「いや、そこまで決めつけてはいませんが、非常に重要な役割を担っていることは間違いないでしょう」

「わかりました。叩けば埃の出る二人です。すぐに指示します」

「それから伊達さん、橘さんの秘密兵器ですが、言葉そのものは子どもじみたものにも聞こえますが、必ず存在すると思います。ぜひもう一度探していただけませんか?」

「わかりました。そちらも手配します」


ホテルに帰った剣は、冷蔵庫からビールを取り出して一気に飲み干した。そしてタバコに火を点けると、橘薫の急死をあらためて思い浮かべてみた。

――橘は男鹿市長就任の夢に破れて、大島代議士事務所を辞めた。そして長年の秘書時代に知り得た何か、つまり秘密兵器で反旗を翻して大島をゆすった。おそらく退職金代わりとでも考えたのだろう。しかし結果的にそれが仇となり橘は殺された。相手は橘が考えていたよりも、はるかに狡猾で冷酷な人間だったのだ。その人間はこれまでに知り得た情報と会った時の印象から、おそらく飛鳥企画の藤田と早乙女に間違いない。あとは警察の捜査に委ねるしかないだろう。それにしても気になるのが秘密兵器だ。秘密兵器とはなんとも幼稚な表現だが、自信に満ちた橘薫の表情から推測すると、大島のアキレス腱に間違いないだろう。秘密兵器とは一体なんだ、そしてどこにあるのだろう……。一体どこに……。


翌朝、ゆっくり目覚めた剣は、コーヒーを飲みながらテレビをつけニュースのチャンネルに合わせた。その剣の目は流れたニュースに釘付けになった。

「今朝六時頃、秋田市秋田城跡近くの県道56号線で、市内に住む山根博史さん六十三歳が、走って来た車に跳ねられました。山根さんは市立病院に運ばれましたが、意識不明の重体です。山根さんは秋田城跡にジョギングに行く途中でした。また山根さんを跳ねた白っぽいセダンが、そのまま逃げたために警察ではひき逃げ事件として、セダンを追っています。では次のニュースです」

剣はあまりのショックで、テーブルの上のカップを倒してしまった。しばらくして正気を取り戻した剣は、これは偶然の事故だろうか、それとも時が時だけに仕組まれた事故だろうかと、頭を巡らしてみたが、落ち着いて考えることができず、身支度を整えると市立病院に急いだ。そして病院の玄関に入ろうとした時に背中から声がかかった。

「剣さん！」

「あっ、伊達さん！」

二人は玄関から離れた。

「いや、テレビを観て驚いて飛んで来ました」

「私も同じです。今署に問い合わせましたが、まだひき逃げ車両は発見されていないそうです。交通課が躍起になって探していますから一刻も早く見つかるといいんですが」

「伊達さん、不謹慎かもしれませんが、偶然の事故でしょうか？」

「それがですね、どうやら疑わしいようなんですよ。まだ調査中ですから断定的なことは言えませんが、どうも臭いようです」

「そうなりますと、まず考えられるのは橘さんの事件絡みですね？」

「はい、私も同感です。交通課の捜査が進めばおのずと結論が出ますから、いましばらくは様子を見ましょう」

「そうですね、それではともかく山根さんの容態を伺いましょう」

二人は揃って病院に入ると、手術室前の椅子に腰を降ろして、祈るようにしている山根の妻に声をかけた。

「奥さん」

「あっ、剣さん」

「山根さんがとんだことになってしまいまして、申し訳ございません」

「なんでこんなことに……」

その時、手術中の赤ランプが消えて医師が出てきた。

「先生、主人は？」

「奥さんご安心ください。一命は取り留めましたよ」

剣と伊達は心底胸を撫で下ろした。そして山根の妻に一言二言声をかけて病院を出た。

「剣さん、食事はとりましたか？」

「いえいえ、起きてすぐに飛んで来ましたからまだです」

「では、この先にレストランがありますから、ご一緒にいかがですか？」

二人が食事を済ませてコーヒーを飲んでいたところに、伊達の携帯が鳴った。伊達は「わかった、わかった」と返事をすると電話を切り、

「剣さん、署までご足労いただけますか？」

「もちろんです」

二人はそれぞれの車に乗ると秋田中央警察署に向かった。


「剣さん、車が秋田港で発見されましたが、盗難車だそうです。今鑑識が調べていますがあまり期待できないかもしれませんね」

「盗難車ですか。そうなりますと交通事故も単なる事故ではなくて、山根さんを狙った可能性が大になりますね」

「そうなりますね。しかしなぜ山根さんが……」

「現役の記者時代でしたら記事の逆恨みなども考えられますが、退職してすでに三年が経っていますから、そうした理由は考えづらいですね。そうすると残るのはただひとつ、橘さんの事件以外に考えられませんね。つまり私が山根さんを巻き込んでしまったために、山根さんはこんな目に遭ってしまったということです。何と言ってお詫びをしたらいいのか……」

「剣さん、お気持ちはわかりますが、山根さんは記者一筋に生きて来た方です。ですからそんな心配は喜ばないのではないでしょうか。ともかく、山根さんのためにも犯人を必ず逮捕してやりますよ」

その言葉に幾分落ち着きを取り戻した剣は、伊達に尋ねた。

「今日は橘さんの葬儀、告別式が執り行われますね」

「はい、すでに刑事を手配してあります」

「そうですか、さすがですね。それから飛鳥企画の藤田社長、早乙女総務部長はいかがですか？」

「はい、それぞれに監視を付けてあります」

「そうしますと、今朝の事故は二人とは無関係ということになりますか？」

「いえ、監視といっても二十四時間態勢ではありませんから、無関係とは言い切れません。昨夜は九時過ぎにそれぞれの帰宅を確認後、監視を解いています。今朝は出勤時間前の八時から、監視を始めています」

「そうしますと、山根さんが事故に遭われた時刻には監視がなかったことになりますね」

「はい、面目ありません。私のミスです。私が二十四時間の監視を命じていたら、山根さんはこんな目に遭わずに済んだかもしれません……」

「伊達さん、そんなにご自分を責めないでください。それよりも相手は手段を選ばない非情な人間です。一刻も早く逮捕することが、山根さんに対する何よりもの妙薬でしょう」

「もちろんです。署を挙げて犯人の逮捕に全力を尽くしますよ」

「はい、ぜひお願いします。ところで橘さんの葬儀、告別式に伊達さんが出られるのでしたら、私も同行させてくれませんか？」

「そうですね、どんな顔ぶれが揃うのか見ておくのも、今後の参考になるかもしれませんから、行ってみますか」

橘薫の葬儀、告別式は皮肉にも橘が溺死した雄物川に近い市営の斎場で執り行われた。事故、事件の判断が示されていないためか、重い空気が漂っているように見えた。弔問客のひそひそ話がそれを物語っている。剣と伊達は斎場の入口から少し離れた場所で、弔問客を眺めていた。もちろん伊達の部下が数名ほど監視と聞き込みをしていた。伊達は大島代議士事務所、秋北建設、それから飛鳥企画の関係者を見つけると、その都度剣に教えた。剣はそのたびにコンパクトカメラに収めた。ちなみに大島代議士事務所からは石岡秘書ら数人、秋北建設は下城大輔社長と鈴木宗彦弁護士が、そして飛鳥企画の藤田勇社長と早乙女静総務部長が神妙な顔で現れた。それから秋田建設・入澤一郎専務の姿もあった。そんな光景を眺めながら伊達がぼそっと呟いた。

「関係者のオンパレードだな」

剣は式が終わるのを待ち、入澤に声をかけた。

「少々お時間をいただけますか？」

入澤は黙って頷いた。そして剣を誘って駐車場で車に乗り込むと運転手に「水月」と告げた。

入澤に初めて会った時に行った水月に落ち着くと剣は過日のお礼を述べた。それから山根の事故を告げた。

「私もテレビを観て驚きましたよ。重体とのことでしたが、いかがなものでしょうか？」

「はい、幸いに命には別状はないと伺いました」

「そうですか、それは何よりでした。それにつけても橘さんの事故といい、山根さんといい、この街も急に物騒になりましたね」

「申し訳ございません」

「いやいや、誤解されては困りますよ、私は山根さんには大変申し訳なく思いますが、これを機会に大掃除ができたらと思っています。そうではありませんか、剣さん」

「大掃除かどうかはわかりませんが、正義が通じない社会では困ります」

「正義ですか。最近はとんと耳にしなくなった言葉ですね。そのためにご尽力いただけますか、元警察庁キャリアの剣さんに」

「恐れいりました。入澤さんはお見通しでしたか？」

「いえ、山根さんから聞かされて驚きましたが、これもご縁です。ぜひお力をお貸しください」

入澤は姿勢を直すと丁寧に頭を垂れた。

「おやめください」

　剣は入澤の手を取った。そして尋ねた。

「今日は入澤さんに教えていただきたいことがあります」

「はい、何なりとお尋ねください。私が知り得ることは何でもお話しします」

「ではお伺いしますが、飛鳥企画の藤田勇社長と早乙女総務部長はどんな方でしょうか?」

「それは難しい質問ですね。正直私はあまり存じあげていないんですよ」

「そうですか、では質問を少し変えますが、お二人はどちらのご出身なんでしょうか?」

「確か能登の出身と記憶していますが、うちの広報課長に確認をとります」

　その結果、藤田が輪島市、早乙女が珠洲《すず》市の出身であることが判明した。

「ちなみにお二人とも東西大学の出身ですね」

「恐れいりました。しかし社外の人間なのによくお調べですね」

「いや、この二人には随分と苦い思いをさせられていますから、会社としては多少のデータは持っています」

　入澤はメモを見ながら答えた。

「お二人は能登の出身ですか……」

　剣は、猿山岬《さるやまみさき》から俯瞰《ふかん》した蒼い海と岩礁のコントラスト、能登金剛・機具岩《はたごいわ》（能登二見）で眺めた美しい夕日、松本清張の『ゼロの焦点』の舞台となったヤセの断崖、波の花が舞い踊る珠洲海岸など、何度も繰り返し撮影に訪れている能登の光景を思い浮かべていた。そして入澤に言った。

「私は、一度二人の故郷を訪ねてみたいと思います」

「訪ねるとは、能登にですか？」

「そうです」

「先ほど来お話を伺っていますと、剣さんはお二人に異常なほど執着しているように見受けられますが」

「はい、山根さんもそうでしたが、二人には大いに興味があります。実は先日、正確には橘さんが亡くなった日、しかも死亡推定時刻に近い時間に、飛鳥企画で二人に会いました。残念なことに言葉は交わしていませんが、二人の間に異常な雰囲気を感じました。これまでにも藤田社長に対する早乙女部長の忠誠心は耳にしていますが、二人がどんな関係なのかを知りたいと思います」

「それで能登半島ですか？」

「はい、本来ならば彼らの大学時代の友人知人、あるいは以前の仕事関係者に当たるのが妥当な方法だと思いますが、その場合、私の調査が相手に伝わってしまう恐れがあります。そこで二人が能登の出身という共通点に着目しました。私はここに彼らの深い結びつきがあるのではないかと考えています。それに、山根さんが彼らに狙われたと推測しますと、当然私も彼らのターゲットになっ

ていると考えられます。ですから至急彼らのデータを収集しなければなりません。それから私がこ
こ秋田でうろついていますと、格好のチャンスを与えることにもなりかねません。したがって少し
の間、姿をくらまして撹乱させるのも、ひとつの方法ではないでしょうか」

「なるほど、少し無謀で危険な気もしますが、それもひとつの方法かもしれませんね。それから差し支えがなかったらお話しいただきたいのですが、剣さんはなぜ警察庁をお辞めになられたのですか？」

剣はしばらく躊躇したが入澤に語り出した。

「もうふた昔以上も前のことになりますが、私は警視庁である営利目的の誘拐事件の指揮を執っていました。誘拐されたのは、都内で大きな病院を開業していた院長の一粒種、小学一年生の女の子でした。院長は、五十歳近くになってやっと生まれたその子を、まさに溺愛していましたが、学校の帰りに誘拐されてしまったのです。これは後になってわかったことですが、犯人の男は交通事故で右足を骨折して、その病院に入院していたことがありました。その時に看護士たちの話から病院や院長のことを、そして院長が溺愛をしていた女の子のことを知ったのです。男は退院後にある看護士から、誘拐の話を持ちかけられました。実はこの看護士は院長とは長い間、男と女の関係だったのですが、院長が別の若い看護士と親しくなり、看護士長の椅子を追われたのが、誘拐を企てる直接の原因でした。つまり痴情のもつれです。一方、男も交通事故で会社を解雇されてしまい、経

済的に困窮していましたから、報酬目当てでこの誘いに飛びつきました。そんなことから二人は、共謀して女の子の誘拐を実行したのです。つまり女の子に声をかけて誘拐したのが、顔見知りのこの看護士で、その子を監禁して院長に身代金を要求したのが男でした。そんなことから院長は、以前から親交のあった私の上司に助けを求めてきました。

その結果、私が密命を受けて捜査に当たることになり、私は精鋭数名と捜査に着手しました。事件の性格からマスコミに気づかれないように、そして何よりも女の子の安全を最優先に、いわゆる隠密裏に捜査をし、犯人を逮捕直前まで追いつめました。しかし、結果的に追いつめられた男は逃げ場を失い、あろうことか女の子を抱いたまま、ビルの四階から飛び降りてしまったのです。すぐに救急車で病院に搬送しましたが、犯人はその途中で、女の子も手当の甲斐なく翌日、息を引き取ってしまいました……。私は未熟だった捜査を嘆き、自暴自棄になりました。また、マスコミが嗅ぎ付けて、連日激しいバッシングを受けました。結局、私は警察を辞めて逃げるように東京を後にしました。そして妻の実家に近い沼田市に移り住み、学生時代に趣味で楽しんでいた写真を支えにして、今日まで何とか過ごしてきました。その時の私の上司が現在警察庁官房長・越前龍太郎氏です」

剣自身の過去が語られた。

「そうですか、それはお辛い思いをしましたね。立ち入ったことをお聞きしてしまったことを、どうぞお許しください」

「いえいえ、もう遠い過去のことです。お気遣いは無用に願います」

剣は、入澤からメモを受け取り、それをポケットにしまいこんで一礼をしてから店を出た。そして斎場に戻り、ランドクルーザーに乗り込むと、伊達に電話をした。

「伊達さん、私はこれから能登に行ってきます」

「えっ、能登というと、あの能登半島でしょうか？」

「はい、その能登半島です」

「突然、能登半島とはどんな理由でしょうか？」

伊達は剣に尋ねた。

「はい、飛鳥企画の藤田と早乙女の調査です」

「二人の調査と言われましても、それはうちの刑事が鋭意行っていますが」

「はい、それは重々承知をしていますが、私は彼らの関係、結びつきに非常に興味があります。したがって密接な関係の理由がわかればと考えています」

「そうですか、剣さんがそこまで考えているなら、私も調査に期待をしたいと思いますが、橘さん、山根さんの件もありますから、くれぐれも気をつけてください。もっとも現在は両名に二十四時間体勢で刑事を張り付けていますから、彼らに妙な行動は起こせないと思いますが」

「そうですか、それはありがたいですね。では安心して調べてきます」

剣は電話を切ると国道13号線から秋田南ＩＣで秋田自動車道に入った。そして六百数十キロ離れた能登半島の輪島市を目指した。

山形県鶴岡市を過ぎて新潟県村上市に入った時には、すっかり日が暮れた。剣は国道7号線沿いのコンビニエンスストアで食料を買い腹の中に収めると、再び車をスタートさせた。やがて神林岩船港ＩＣから日本海東北自動車道、北陸自動車道と走り続けた。こんな時にはいつも、運転に疲れを感じさせないランドクルーザーのありがたさを実感するのだ。そして深夜に金沢東ＩＣを出て内灘町から能登有料道路に入り、日本海が一望できる高松ＳＡで仮眠を取った。長距離ドライブの影響か剣は爆睡した。

バスツアーの客の賑やかな声で目を覚ました剣は、上着を着込むと車外に出て海岸に降りた。そして沖から規則正しく寄せる白波を眺めながら、冷たくなった秋の風に触れて事件に関わっている時の長さを感じた。車に戻った剣はコンロを取り出すとお湯を沸かし、手際良くコーヒーをいれた。潮風で冷えた身体に温もりが戻った。

「さて、もう一息だ」

剣は自らを励ますとランドクルーザーをスタートさせ、能登半島の背骨ともいえる能登有料道路を快調に走らせ、穴水から県道七尾輪島線を利用して輪島市に入った。そして切り妻屋根の美しい道の駅〈輪島フラット訪夢《ほうむ》〉に車を停めた。剣は入澤のメモを頼りに、藤田勇の実家を探した。幸いに近くに小さな土産物兼雑貨屋があったので、店の中に入った。

「こんにちは」と声を掛けたが応対がない。仕方なしに今度は大きな声で呼んでみたら、後ろから返事がした。

「いらっしゃい」

振り返った先に初老の婦人が笑顔で剣を見ていた。

「観光でお越しかね」

「はい、ちょっと輪島名物のお土産をと思いまして」

「そうですか、うちは小さいからたいした物は置いてないですが、お客さんの気に入った物があるか見てください」

剣は狭い店の中を見ていたが、輪島塗の夫婦箸に目を留めて手を伸ばした。

「これがいいですね」

「奥さんへのお土産ですかね」

「はい、この朱色の艶がなんとも言えませんね」

「何と言っても輪島塗は千年の歴史がありますから、奥さんに喜ばれますよ」

「えっ、千年もの歴史があるんですか。それはすごいですね」

剣は幾分オーバーに驚いて見せてから、

「ところで藤田勇君のお宅はこの近くでしたよね」

と尋ねた。

「ええ、ほらあそこの大きな家ですよ」

「ああやはり、そうでしたね」

「お客さんは勇ちゃんを知っているのかい？」

「まあ、藤田君が東西大学の学生時代に、一度この輪島に遊びに来たことがあります」

「そうですか、でもお客さんと勇ちゃんでは年齢が違うようですが？」

「もちろんですよ、あの頃私はテニス部のコーチをしていまして、そんな関係で夏休みに一緒に旅行に来ました」

「そうですか、勇ちゃんは中学、高校とテニスの選手でしたから、強かったでしょう」

「ええ、大学選手権なんかでも活躍をした優秀な選手でした。ところで彼のご両親はお変わりございませんか？」

「それがねお客さん、早苗さん、勇ちゃんのお母さんがかれこれ十年ほど前に癌で亡くなって、今では父親の弥一さんひとりですよ」

「お母さんがお亡くなりになったんですか」

「はい、気の毒に。勇ちゃんが何とかという新聞の記者をしている時でした。勇ちゃんは早苗さんの連れ子で、弥一さんとは子どもの頃から反りが合わなかったこともあり、お母さん子でしたから、随分とショックを受けたようでしたよ。ですから親父が早く病院に連れて行けば、お袋は死なずに済んだ、あんたがお袋を殺したようなもんだと、弥一さんをなじっていましたね。そんなことがあって、早苗さんの一周忌が済んでからは一度も姿を見せませんよ」

「そうでしたか、それは藤田君もお気の毒でしたね」

剣は必ずしも幸せではなかった藤田の過去を知り、同情の言葉を口にした。

「ところでお客さん、勇ちゃんはどうしていますか？」

「はい、私もここ数年はご無沙汰していますが、秋田市で大きな会社の社長さんをしていると聞いています」

「秋田で会社の社長さんですか、早苗さんが生きていたらどんなに喜んだでしょうに……」

そう言いながら土産店の婦人は涙を流した。そんな姿を見ぬ振りをして剣は、礼を述べると道の駅フラット訪夢に戻り、珠洲市見附島（軍艦島）の民宿〈汐島荘〉に電話を入れた。

「もしもし、おばちゃん？　剣です。今夜泊めてくれます？」

「あれまあ、冬しか来ない剣さんがこんな季節に随分と珍しいね」

「うんまあ、単なる気まぐれで能登半島に来てしまったんだよ。頼みますよ」

「はいはい、父ちゃんが飲み仲間が来たと喜ぶよ。交通事故に気をつけて来てよ」

輪島市街を出た剣は国道249号線を、冬の日本海撮影で毎年訪れている白米《しろよね》千枚田、曽々木海岸と抜けて、夕暮れとともに珠洲市見附島の民宿汐島荘に着いた。宿に着いた剣はひと風呂浴びると、民宿のプリンターを借りて、昨日、橘薫の告別式で撮った関係者の写真をプリントアウトした。

それから秋田中央警察署の伊達に電話を入れた。

「えっ、もう能登半島ですか?」

「はい、金沢の近くのパーキングで仮眠を取った以外は走り通しでした」

「しかし剣さんのタフさには驚きですね。無理をして居眠り運転で事故を起こさないように、くれぐれもご注意ください」

「はい、ありがとうございます。それで輪島市で藤田社長の様子を調べまして、今は珠洲市の民宿です」

「珠洲市ですか。私は能登半島には行ったことがないものですから、地図を広げませんと皆目位置確認ができませんね」

「そうですか、では能登半島をイメージしてください。その半島の先端が珠洲市です。ここはもちろん日本海ですが、太陽が昇るシーンを眺めることができるんですよ」

「日本海で日の出ですか。まあ秋田でも寒風山《かんぷうざん》に登れば朝日は拝めますけど」

「はい、それは私も何度か撮影していますが、ここ珠洲市からは富山湾越しに聳える立山連峰から昇る朝日です。海が真っ赤に染まり素晴らしい光景ですよ。それから、ここには通称〈軍艦島〉と呼ばれている見附島が鎮座し、絶妙のバランスを作り絶景ですね」

「はあ、写真家の剣さんがそうおっしゃるのですから、きっと素晴らしい風景には間違いないんでしょうね。いつか、いや、もしかすると退職してからかもしれませんが、嫁さんと旅行してみたいですね」

「そんなことを言わないで、事件が解決したらすぐにでも奥様とお出かけください。それから晴れた日には遠く佐渡島が見える時もあるそうですよ」

「それは楽しみですね。で、今はどんなご用でしょうか?」

「これは失礼しました。実は先ほどふと思い出したのですが、橘さんは当然携帯電話をお持ちでしたよね」

「はい、ただ雄物川河口で発見された際には水没してしまったのか、所持していませんでした」

「では発信や着信履歴は不明ですか?」

「いいえ、今回は事件性が高い捜査ですから電話会社に照会をして、その記録を取り寄せました。そしてすべてを精査しましたところ、公衆電話からの受信が二件ありました。他はすべて確認が取れました。一方、発信記録の中には大島代議士事務所、これは秋田と東京です。それから飛鳥企画もありました」

「ほう、飛鳥企画もありましたか」

「はい、ただ社長の藤田によると、大島代議士事務所を辞めた挨拶だったと言っていました」

「なるほど、筋が通っていますね」

「そうなんです。それで橘氏に電話をかけたかを尋ねたところ、刑事さんは記録を持っているからわかるでしょう、と悪ぶっていたそうです。そのあげく自分の携帯番号と、傍にいた早乙女氏の番号をメモして渡したそうですよ」

「それはご丁寧なことですね。つまり自信満々なんですね」

「そうなんです。ですから若い刑事は警察をナメていると、憤慨しています」

「それはご苦労様です。ともかく捜査方針はすでに決まっていますから、ブレることなく進めて行けばおのずと結果が付いてきますよ。それから私も明日の夜までには秋田に戻れると思いますので、くれぐれも慎重な捜査をお願いします」

「えっ、明日戻られるのですか？」

「はい、その予定です」

「お疲れでしょう」

「ええ少しだけ。でも長距離ドライブは慣れていますし、自信もあります」

「そうですか、ではお気をつけてお戻りください。それから山根さんですが、奥さんから連絡がありまして、順調に回復されているとのことですからご安心を」

「そうですか。それは良かった」

伊達との電話を終えて剣は、民宿のオヤジと再会を祝して酒を酌み交わした。

「オヤジさん、珠洲市飯田というところは市の中心部でしたね」

「ああ、そうだよ。何か用事かい」

「ちょっと人を探しているんですよ」

「ほう、人探しかね。で、どこのなんと言う人かね」

剣は入澤のメモを見せた。

「珠洲市飯田1－×－×　早乙女静か、この人は女性かね」

「いえ、三十代半ばの立派な男性です。いくら小さいといっても仮にも市ですから、これだけでは難しいですか？」

「そんなことはないよ。昭和二十年代後半だったら人口も四万人近くいたけれど、毎年減少続きで、今ではその半分もいなくなってしまったよ。だから町の者に聞けば何とかなると思うよ。そうだ俺の同級生が理容店をしているから、ちょっと聞いてやるよ」

その結果、理容店を明朝に訪ねることになり、二人は遅くまでたわいのない世間話を肴に楽しい時間を過ごした。

翌朝、喉の渇きで目を覚ました剣は、枕元のスポーツドリンクを飲みながら窓のカーテンを開けた。すると東の空がかすかに色づき始めていた。

「これは焼ける」

と感じた剣は急いで身支度を整えると、ザックと三脚を持ち、早足で軍艦島の浜辺に向かった。そして手際良くペンタックス67Ⅱをセットして間もなくだった。空がオレンジ色に焼け始めて、海ばかりでなく周辺すべてを染めてきた。剣はレンズを交換して、露出を変えながら、繰り広げられている荘厳な自然のドラマを思う存分撮影した。

ちょうどその時だった、すさましい鳴き声が周辺に響くと、軍艦島から数百のカラスが一斉に飛び立った。この光景は冬の夜明けと同じだった。

朝食を済ませた剣は汐島荘のオヤジ、オバちゃんの見送りを受けると、紹介された珠洲市飯田町の理容店に向かった。そして〈バーバータケダ〉の看板を見つけると、車を駐車場に停めて店の大きなドアを開け、声をかけた。

「おはようございます。汐島荘からご紹介をいただきました、剣と申します」

しばらくすると、ツルツル頭に老眼鏡を乗せた小太りの男が出てきた。

「ああ、汐島荘のオヤジが電話をくれた人ですね」

男は竹田ですと名乗ると、剣に客用の丸椅子を勧めた。

「何でも、早乙女さんのことをお調べとか」

「はい、二、三お尋ねをさせていただきますが」

「ええ、汐島荘のオヤジからの紹介ですから構いませんが、なんで写真家さんが早乙女さんのことをお聞きになるんですか？」

剣はとっさに嘘をついた。

「実は早乙女さんの結婚が決まりまして、お嫁さんのご両親とたまたま知り合いの関係で、私が能登半島に行くと言いましたら、様子を聞いてきてくれないかと頼まれまして」

「そうですか、静ちゃんにお嫁さんが決まりましたか。それはわざわざ遠いところをご苦労様でしたね」

竹田は笑顔になると、剣にお茶を出した。

「いやね、静ちゃんは苦労したんですよ。早乙女さんのところはこの先で〈珠洲観光〉という小さな旅行会社を経営してましたが、確か静ちゃんが大学の二年か三年生の時の一月でした。お父さん、清吾さんがマイクロバスにお客さんを乗せて、福井県越前海岸にスイセン見物に行きまして、トンネルの出口でスリップしてお客さんが二人亡くなり、数人が大怪我を負う交通事故を起こしてしまったんですよ」

「マイクロバスで死亡事故ですか？」

剣は、とっさに越前海岸の複雑な地形と、呼鳥門《こちょうもん》周辺のトンネルの多い風景を思い出した。

「はい、当然保険にも入っていたようですが、それでも補償しきれなくなりまして、結局自宅も手放す羽目になってしまいました。そんなことから心労が重なって、お父さんが倒れて入院したんです。結局お父さんは亡くなり、そして看病疲れも加わりお母さんの百合子さんも、まるで後を追うような形で亡くなりました。そんなことから静ちゃんは大学を辞めなければならなくなりましたが、なんでも大学の先輩が見かねて支援をしてくれたとかで、そのまま学業を続けたようでしたね」

「えっ、大学の先輩が支援をしたんですか？　で、その先輩はどんな方でしたか？」

「そうですね、詳しい話は聞いていませんが、なんでも輪島の出身で、何かの新聞記者をしていたと記憶していますが、名前までは覚えていませんね」

剣は、この時点で両親を失い、路頭に迷っていた早乙女を支援をした人物が、藤田だと確信を得た。そして早乙女の並々ならぬ忠誠心の確証を得たのだ。

「確か、早乙女さんにはご兄弟がいたと聞きましたが？」

剣はカマをかけてみた。

「ええ、ふたつ年上の姉さんがいました。仲の良い姉弟でしたが、確か静ちゃんが小学三年生の夏休みでした、この先の鉢ヶ崎海岸で、近所の子どもたちと水泳中に、溺れかかった静ちゃんを助けようとして亡くなってしまいました。そんなこともあって両親は、静ちゃんをたいそうかわいがっていましたよ」

「そうですか、それはお気の毒でしたね。お話を伺っていますと、早乙女さんもいろいろとご苦労をなさった人なんですね」

剣は本心からそう言った。

「はい、しかし剣さん、あなたのお話を伺っていまして、やっと静ちゃんにも幸せが巡ってきたと……、私は自分のせがれのことのように嬉しいですよ。もし静ちゃんに会う機会がありましたら、床屋のオヤジが喜んでいたとお伝えください。お願いします」

竹田は剣に深々と頭を下げた。

「はい、お話を伺いまして、早乙女さんの人となりがよくわかりました。帰りましたらお嫁さんのご両親にしっかりとお伝えします」

剣は、複雑な思いのまま竹田に答えた。そして、竹田に礼を述べると珠洲市を後に、珠洲道路に入り、藤田勇、早乙女静ふたりに共通した悲運な青春期を背負い、秋田に向かうこととした。

途中、道の駅〈能登空港〉に車を停めて、コーヒーを飲みながら竹内純子に電話を入れた。

「えっ、能登半島ですか?」

「そう、昨夜は珠洲市の馴染みの民宿で、日本海の幸を肴に美味しい酒をご馳走になったよ」

「剣さんは日本中に懇意にしている宿があるんですね。それにしても秋田にいるはずの剣さんが、なぜ能登半島なんですか?」

「それはいずれ話すけど、純子さんにお願いがあるんだよ」

「はい、なんなりとお申し付けください」

「それではまず、小早川拳君は取材の足は何を使っていたのかな?」

「そうですね、都内はもちろん電車ですけど、地方取材はほとんどマイカー、ハイブリットのプリウスでした」

「そう、では秋田での取材もマイカーだったのかな?」

「はっきりは知りませんが、地方は交通の便が悪いと言っていましたから、おそらくそうだと思います」

「それから尾瀬にもマイカーで来たのだろうか?」

「はい、尾瀬は彼の車でした。なんでもマイカー規制の期間中だとかで、麓の駐車場に停めてありました。で彼の事故後に私とお母さんとで業者さんにお願いをして、処分してもらったんです」

「それで彼の車にはＥＴＣカードは付いていたかな?」

「はい、何度かドライブをしましたが、付いていましたよ」

「そう、では彼のお母さんに電話をして、ＥＴＣカードの請求書、つまりカード会社から彼にきた請求書を取り寄せてくれないかな？」

「えっ、ＥＴＣの請求書ですか？」

「うん、そうだよ」

突然ＥＴＣの請求書と言われた純子は、剣の意図が理解できなかった。

「その請求書にどんな意味があるのでしょうか？」

「請求書には利用ごとのインターチェンジ名、時刻が詳細に載っているんだよ。つまり彼の行動が把握できるってこと」

「そうなんですか、でも一年以上も前の請求書があるでしょうか？」

「私たちが、先日、丹後半島伊根町のお宅にお邪魔した際に、彼の荷物のほとんどがまだ梱包されたままになっていたから、几帳面な彼の性格から推測するに残っていると思うんだ」

「わかりました。では早速お母さんに聞いてみます。ところで、剣さんはこれからどうされますか？」

「私はこれからまた秋田に戻るよ」

「えっ、また秋田ですか？　ご苦労様です。でも能登半島から秋田では随分と距離がありますし、お疲れでしょうから運転に気をつけてくださいね」

剣は、山根の交通事故を伝えようとも考えたが、純子に余計な心配をかけまいとやめた。

「ありがとう。もう歳だからね、スピードは控えめで安全運転に徹しますよ」

剣は純子に告げると、ランドクルーザーをスタートさせて能登有料道路から、来た時と同じコースを一路秋田に向かった。


翌朝、ホテルで遅い朝食を済ませた剣は、秋田中央警察署の伊達刑事を訪ねた。

「いやー、遠くまでご苦労様でした。お疲れでしょう」

伊達はコーヒーを手渡しながら、剣のパワーに敬意を表した。

「はい、でも長距離ドライブは慣れていますから、大丈夫ですよ」

「そうですか、それではお言葉に甘えまして、早速能登半島土産をお聞かせいただけますか?」

剣は、伊達が出してくれたコーヒーをひと口飲むと、能登半島で自分が訪ねた所を順を追って話し出した。伊達は時々「はい」「ほう」「なるほど」と相鎚を打ちながら、剣の話に引き込まれていった。やがて長い剣の話が終わった。剣はすっかり冷たくなったコーヒーを一気に飲んで、

「以上が、私が能登半島で調べた結果です」

「それにしても驚きましたね。人生いろいろと言われますが、藤田と早乙女の二人にそんな過去があったとは。しかし剣さんの調査のお陰で二人の関係、特に早乙女の異常なまでの忠誠心が理解で

きました。ありがとうございました」

「そうですか、お役に立ちますか。それでは、はるばる能登半島まで行って来た甲斐がありました。ただ、二人が必ずしも幸せな青年期を送っていなかったと思うと、正直複雑な心境になりましたね」

「剣さん、そんな感傷的なことは言わないでください」

伊達は真顔で言った。

「これは失礼しました」

剣は伊達に軽く頭を下げると尋ねた。

「それで、二人の行動はいかがでしょうか?」

「はい、なかなか用心深いとでもいいますか、目立った動きは見せませんね」

「そうですか、それでは橘さんの事故当時のアリバイ、それから山根さんの事故当時のアリバイはいかがですか?」

「それが、橘氏の時は田沢湖のリゾート地へ行った帰りで、二人で車に乗り、秋田に帰る途中だったそうです。確かに田沢湖の事務所には行っていますが、何時に田沢湖を発ったかは確認が取れていません。それから山根さんの時ですが、こちらは自宅で寝ていたそうです。念のために藤田の奥さんに確認をしましたが、家族の証言ですから証明にはなりません。それから早乙女は独身ですから、誰も証明する者がいません。つまりどちらもアリバイは証明されてはいません。ただ物的証拠がまったくない状況ですから、心証だけで強制捜査ができない状態です」

「そうですか、確かにアリバイ証明がないのでは限界がありますね。大変でしょうが、刑事さんたちに捜査を続けていただく以外に方法はないでしょうね。ところで、橘さんの告別式も終わりましたから、ご一緒に奥さんを訪ねてみませんか？」

「と言いますと、例の秘密兵器ですか？」

「はい、その秘密兵器です」

「剣さんはあると確信をしていますか？」

「ええ、刑事さんたちが捜索をしても見つからなかった物を、私のような素人が探し出せる自信はありませんが、秘密兵器がないと一連の辻褄が合いません。つまり、私たちの捜査そのものが無意味になってしまいます。いかがでしょうか？」

「はい、剣さんがそこまでおっしゃるのでしたらお伴しますが……」

渋々頷いた伊達は、若い小鹿野に捜査車両を運転させると、橘薫宅に向かった。

市内若葉町にある橘の自宅は、主の突然の死からかひっそりと静まり返っていた。捜査車両を降りた伊達は、小鹿野に車の移動を命じると、橘家のチャイムを押した。そして玄関に対応に出た橘の妻に警察手帳を示し、訪問の目的を伝えた。夫の突然の不幸で憔悴していた妻だが、警察手帳の効果もあり剣と伊達を、線香の香りが漂ってくる応接間に招じ入れた。二人は丁寧にお悔やみを述べ、最初に伊達が言葉を発した。

「奥さん、警察はご主人の事故を事故と事件の両面から捜査しています。したがいましていくつかお聞きしますが、ご存じの範囲で正直にお答えください」

それに対して痩身で、かなり度の強そうな眼鏡をかけた夫人は答えた。

「はい、そのことは他の刑事さんからも聞いていますが、一体誰が主人を殺したんですか？」

「ええ、まだ捜査の段階ですから、すべてをお話しすることはできませんが、仮に事故ではない場合は事件、つまり第三者の介入によりご主人が亡くなったことになります。以前伺った刑事にも、奥さんはご主人が溺れて死ぬはずはないとおっしゃっていますね」

「はい、当然ですよ。だって主人は若い頃は水泳の選手で国体にも出ていたんですよ。その主人が、たとえお酒が入っていたとはいえ、あんなところで溺れるはずがないですよ」

「そうですか。それでは少し角度を変えてお伺いしますが、橘さんは大島代議士事務所を辞めましたが、退職金がもらえずに相当憤慨をしていたようですね？」

「それはそうでしょう。主人は大島先生のために家庭をも顧みないで尽くしてきたんですよ。それなのにいくらなんでもむごい仕打ちじゃないですか？」

「そうですね、確かに奥さんのおっしゃる通りですね。ところで橘さんは退職金は、自ら請求してやる、というような意味のお話をしていたそうですね？」

「ええ、退職金を出せないならば、これまでの報酬として当然の対価をもらうまでだ、と話していましたが」

「当然の対価ですか？」

「ええ、ですから主人はこれからの暮らしはまったく心配しなくてもいいと」

「その対価ですが、奥さんはご存じですか？」

「いいえ、この前も刑事さんが見えてなにやら探していましたが、結局何も見つかりませんでしたし、私は何もわかりません」

「はい、その件は部下の刑事から報告を受けていますが、ご主人がそこまで言い切ったのですから、やはり何かがあるように思いますが」

「そう言われましても、まったく心当たりはありませんが……」

夫人は困惑した表情で伊達を見た。その時に、それまで二人のやり取りを黙って聞いていた剣が、夫人に尋ねた。

「失礼ですが、橘さんは映画鑑賞がご趣味のようですね？」

突然の問いに戸惑った様子の夫人は、応接間の壁に埋め込まれているラックに目をやった。そして答えた。

「ええ、若い頃から主に洋画ですが、好きでしたね。最近は著作権の切れた名画のＤＶＤがたくさん出ているとかで、随分と買い求めて楽しんでいました」

　剣は「拝見します」と断ると、ラックの前に立ち、整然と並んでいるタイトルを見た。

『ローマの休日』『風と共に去りぬ』『ジャンヌ・ダルク』『史上最大の作戦』『シェーン』『聖衣』『ガス燈』など、剣も何度か観た一九四〇〜五〇年代の名作のタイトルが続いた。そして剣の目が止まった。

「奥さん、『風と共に去りぬ』が二枚ありますね」

「そうですか、主人はすべて一枚しか買ってないはずですが？」

「でも二枚ありますよ。一枚はヴィヴィアン・リーとクラーク・ゲーブルの写真がありますが、もう一枚の物はクラーク・ゲーブルの顔が、マジックで塗りつぶされていますね」

　剣は、二枚のＤＶＤを取り出すと夫人に見せた。そして了解を取るとケースを開いて見た。一枚のケースの中にはまぎれもなく『風と共に去りぬ』のＤＶＤが収まっていたが、一方のクラーク・ゲーブルの顔がマジックで塗りつぶされていたケースの中には、タイトルが記されていないＤＶＤが入っていた。不思議に思った剣は夫人に尋ねたが、夫人の答えは「心当たりがない」とのことだった。剣は応接室にあるＤＶＤレコーダーに入れてテレビのスイッチを入れてみた。しかし、テレビでの再生はできなかった。それを見ていた伊達が剣に声をかけた。

「剣さん、パソコン専用ではないでしょうか？」

「ええ、私もそんな気がしますね」

伊達は夫人を見ると、

「奥さん、このＤＶＤですが、警察で調べてみたいので、借用できますか？」

「ええ、どうぞ、主人の事件の解明に役立つ物でしたら、何でもどうぞ」


剣と伊達は、ＤＶＤを借りると秋田中央警察署に戻り、早速パソコンを起ち上げてＤＶＤを挿入してみた。二人は大声をあげた。

「剣さん、これは大島代議士の政治資金の一覧表ですよ。手書きのメモをデジタルカメラで複写したもののようです」

「そのようですね」

剣も頷いた。

「つまりこれが橘氏が言っていた秘密兵器ですね。彼は長年秘書をしていましたから、大島代議士の金の流れは十分知り得る立場にいました。それで何かの時に保険として、コピーとして複写し、隠し持っていたんですね」

「おそらくそうでしょう。ただ政治資金がすべて悪ではありませんから、この膨大な資料の中から橘さんの秘密兵器としての価値を、見つけ出さなければなりませんね」

「それにしても、なんで政治家はこれほど金を集めるんでしょうかね」

「さあ、お金にあまりにも縁のない生活をしている私には、とんと理解できませんね」

「いや、それでしたら私も同じですよ。ともかくこれを見る限り政治家は、政治資金を集めるのが仕事と誤解してしまいますね」

「そんなことはないのでしょうが、うま味が多いのは事実でしょうね。ですから世襲が増えるんですかね」

「そうですね、なんでも〝地盤〟（後援会）〝看板〟（知名度）そして〝かばん〟（資金）を引き継いでいる世襲議員は、国会議員の四割に近いと聞いたことがあります。仮に私だとしても、これだけの資金が得られるのでしたら、好きこのんで他人様に譲る気持ちにはなれませんよ。実際にここ十数年間、日本の総理大臣はすべて世襲議員でしたからね」

　伊達は、刑事の身分を忘れて俗っぽい意見を述べた。そして、

「それにしても剣さんは、よくこのＤＶＤを発見しましたね」

「いや、そう言われますとお恥ずかしいのですが、まったくの偶然ですね。ただ何度も言いますように、秘密兵器は必ずあると確信していました。それからこれはあくまで私の推測ですが、自治大

臣も経験している大島ほどの人物ですから、簡単に政治資金規正法違反になるようなヘマはまずしてないでしょう。つまり、かなり巧妙な手段で法の網を潜り抜けているに違いありません」

剣はさらに続けた。

「つまり総務省に届け出ている収支決算報告書と、このDVDに記されている数字、あるいは団体などは照合してみても合致するのではないでしょうか」

「えっ、そうしますと剣さんはこのDVDが役に立たないとお考えですか？」

「いえ、このDVDはもの凄く重要な役割を持っていますよ。私はそう確信をしました」

「すみません、どうも私には、剣さんのおっしゃってる意味が理解し難いのですが……」

「つまりですね、内容だと思います。例えば秋田市の〈秋田の新しい風〉〈太平山の会〉や〈能代の未来を築く会〉、〈男鹿の会〉など、いくつかの団体から毎年決まった形での献金が続いていますね。その中には所在地が、宮城県仙台市のものが数団体あります。そしてこの団体からも毎年、同様の献金が繰り返されています。そんなことからこうした特定の団体の実態、あるいは、資金のからくりを至急調べる必要があると思います」

「わかりました。すぐ調べさせます」

伊達は二人の刑事を呼ぶと、本部で調べるように指示を出した。それから剣に尋ねた。

「これからどうしますか？」

「そうですね、今のままでは膠着状態ですから、私が飛鳥企画を訪ねてみます」

「えっ、剣さんがですか？」

「はい、この際それが近道でしょう」

「それはあまりにも危険です。橘さんや山根さんの例がありますから、絶対に賛成できません」

「もちろんそうでしょうが、すでに彼らは私の存在を知っているはずです。ですから私が行動を起こさなくても、逆になんらかのアクションを起こしてくるはずです。それだったら、先手必勝ではないでしょうか」

「確かにお気持ちはわかりますが、あまりにも危険過ぎますよ」

「もちろん伊達さんのご心配はわかりますが、ここは私の作戦に賭けてくれませんか？」

「しかしですね、万が一にも剣さんに何かあった場合は、私が辞職する程度では済みませんよ」

「まあ、そう大袈裟に考えないで、どうかここは私のわがままをお許しください。お願いします」

剣は伊達刑事を押し切ると、秋田中央警察署を後に飛鳥企画に向かった。

「こんにちは」

「いらっしゃいませ。あれ、お客様は先日の……」

「そうです。覚えていてくれましたか？」

「はい、では当社の別荘を」

「はい、その前に社長の藤田さんか、部長の早乙女さんにお会いしたいのですが」

「そうですか、社長はあいにく外出をしていますが、早乙女でしたらおりますから、少々お待ちください」

と、剣を応接室に案内してくれた。間もなくドアがノックされて早乙女が姿を見せた。

「いらっしゃいませ。なんでも当社の田沢湖の別荘を、気に入っていただいたそうでありがとうございます。私は部長の早乙女と申します。何なりとお尋ねください」

早乙女は営業用の笑顔で名刺を出した。剣も名刺を差し出すと早速切り出した。

「はい、ですが、その前に早乙女さんに折り入ってお話をしたいと思いまして」

「ほう、写真家の方が私にどんなお話でしょうか？」

「はい、では単刀直入にお話しさせていただきますが、私は亡くなった大島代議士元秘書の橘薫さん、それから交通事故に遭われた元新聞記者の山根博史さんの知り合いです。もう少し詳しくお話をしますと、橘さんが亡くなった直前に橘さんから大島代議士事務所を辞めた話を、山根さんと一緒にいろいろと伺っていました。なんでも橘さんのお話ですと秘密兵器をお持ちとのことでした。つまり橘さんは、その秘密兵器で大島代議士をゆすった様子でした。これは、奥さんに近くまとまったお金が入るから、生活は心配するなと話していたことから裏付けられます。そこで私と山根さんは、橘さんの急死を事故ではなくて、なんらかの事件に巻き込まれたのではないかと調べ始めました。ところがその途端に今度は山根さんが交通事故に遭ってしまいました」

「ちょっとお待ちください。確か剣さんでしたね、お話しの事故はテレビや新聞でも取り上げられていましたから、私も承知をしています。それから橘さんは大島先生の秘書さんでしたから、当然存じあげています。また山根さんも東日新聞の記者さんでしたので、何度かはお会いした記憶があります。ですから、誠にお気の毒なことだと思っています。しかし、そのことで私どもをお訪ねになった理由がわかりません。剣さんのお話を伺っていますと、そのお二人の不幸な出来事と私どもが、何か関係しているかのような印象を受けますが……」

「とんでもありません。私の説明不足で不快な思いをなさったのでしたらお詫びしますが、私はあくまで橘さん、山根さんの事故について早乙女さんが何かご存じないかと、お伺いをしただけです」

「そうでしたら、最前からお話しをしていることがすべてで、これ以上お話しすることは何もありません。どうぞお引き取りください」

早乙女は様相を変えて、きつい言葉遣いになっていた。

「わかりました。では最後にもうひとつだけお伺いしますが、こちらは大島代議士とはご昵懇と聞いていますが？」

「そんな質問に答える義務はありませんね。どうぞお引き取りください」

早乙女は不愉快な表情をあらわにして応接室のドアを開けた。剣は追われるように応接室を出ると、事務所の女性に声をかけた。

「このポスターの夜景はとてもきれいですね。どこから見た風景でしょうか？」

「それは男鹿半島の寒風山から見た夜景ですよ。私も何度か見ましたが、とてもロマンチックですよ。お客様もぜひ行かれたらいかがですか」

女性は自慢しながら笑顔で勧めた。

「そうですか、寒風山からの眺めですか。私は写真を撮るのが仕事なので、天気も良さそうですから早速今夜にでも撮影に出かけてみます」

剣は、女性に礼を述べると飛鳥企画を後に、山根が入院をしている市民病院に向かった。

「やあ、剣さん、ご覧の通りのお恥ずかしい醜態ですよ」

「とんだことでしたね。でもお顔を拝見して安心しました」

「ご心配をおかけして面目もございません。ところでその後の進捗具合はいかがですか?」

剣は入澤と会い、その後、能登半島を周り藤田と早乙女の調査をしたことをかいつまんで伝えた。

「そうですか能登まで。それは遠路ご苦労様でした。それにしても、あの二人にそんな過去があったとは、やはり調査は足で稼がないといけませんね」

「ええ、犬も歩けばなんとかでしょうか。それから橘さんのお宅から秘密兵器が出てきました」

「本当ですか! それはお手柄でしたね。で、その秘密兵器は何でしたか?」

「それは政治資金の流れ、それから奇妙なメモなどです。中には橘さん自身の署名の入ったメモも複数ありました」

「なるほど政治資金ですか。それはことによると、とんだ爆弾になるかもしれませんね」

「ええ、現在警察で調べていて、おおまかなことは近いうちにわかると思います。それから先ほど飛鳥企画を訪ねて、早乙女に会ってきました。そして橘さんと山根さんの事故は事故ではなくて、事件ではないかと吹き込んできました」

「本当ですか? それは随分と思い切った作戦に出ましたね。そんなことをして今度は剣さんが狙われるのではないでしょうか?」

「それを期待しています。もっともすでに私は邪魔な存在としてマークされているでしょうが」

「そうなりますと、先方がいつどんな形で行動を起こしてくるか、ですね」

「はい、おそらく彼らは早い時期に動くだろうと私は確信しています」

「剣さん、ともかく危険な相手ですから、私の二の舞にならないように、くれぐれも注意してください」

「はい、ありがとうございます。私もまだまだ死ぬわけにはいきません。用心のうえにも用心をしますから、どうぞご安心を」

剣は山根の見舞いを済ますとホテルに戻った。そして伊達に電話をして、ホテルの自室まで出向いてくれるように依頼をした。やがて伊達は小鹿野を伴って剣の部屋に入った。

「捜査車両は社員用駐車場に停めて、社員用の入口から入りましたから、第三者に見られた可能性は低いと思います」

「そうですか、ご配慮をありがとうございます」

「ところで飛鳥企画の反応はいかがでしたか？」

「ええ、うまくあしらわれましたよ」

「そうですか、それでこれからはいかがしますか？」

剣は飛鳥企画でのやり取りを伊達に伝えた。

「それではまるで囮作戦ではありませんか。あまりにも剣さんが危険過ぎますよ」

「そうかもしれませんが、前にもお話をしましたように、このくらい思い切った行動を起こさないと、彼らを土俵に引っぱり出せませんから、やむを得ないでしょう。それから、警察がいわゆる囮捜査に慎重なのも承知しているつもりです。その上であえてこの方法を選びました」

「わかりました。おっしゃる通り警察としては容認するわけにはいきませんが、幸いにマスコミにも漏れていませんし、今回は緊急事態ですから、万全の体勢でバックアップをします」

「ありがとうございます。よろしくお願いします」

剣は丁寧に礼を述べた。

ホテルの窓越しに西の空を眺めていた剣は、腕時計に目をやると身支度を整えて部屋を出て駐車場に行き、ランドクルーザーに乗り込んでタバコに火を点けた。そして夕暮れが迫る市内から、秋田港の脇を通り、男鹿半島の寒風山に向かった。剣は時々バックミラーで後方を注視したが、何も起こらないまま国道101号線を脇本の信号で県道55号線に入り、寒風山の駐車場まで登った。ここも何度か撮影をした懐かしい場所だ。剣は駐車場の先端部、秋田市内のネオンと弓なりの海岸線が眼下に望めるところに車を停めた。そして周りを見渡した剣は、駐車している車の多さに驚いた。中には、寒さも気にせずに外で騒いでいる若者たちもいた。剣はこれほど人が多いのでは作戦が失敗するかと、内心不安を覚えた。その時、剣の携帯が鳴った。相手は竹内純子だった。

「こんばんは。剣さんは秋田でしょうか?」

「もちろんそうだよ。今は男鹿半島の寒風山で夜景を撮っているよ」

「そうですか、ご苦労様です。実は剣さんがお話しされていました、ＥＴＣの利用明細がありました」

「そう、ありましたか」

「はい、彼のお母さんに電話でお聞きしたのですが、要領を得なかったので伊根町の実家に出向き探しました」

「純子さんが丹後半島まで行ったということ？」

「はい、そうです」

「それはご苦労様でしたね。いや、大手柄になるかもしれないよ。で、純子さんはまだ丹後半島にいるの？」

「いえ、私は京都駅から夜行寝台『日本海』に乗って、秋田に向かっています。明朝五時半頃には秋田駅に着く予定です」

「えっ、秋田に向かっているの？」

「はい、早く剣さんにお会いをして、探し当てた資料をお見せしたいんです」

「それはありがたいんだけど……」

「私が秋田に行ってはお邪魔ですか？」

「いや、そういうわけではないけどね」

「ともかくもう『日本海』は秋田に向かって走っていますから、今から変更はできません！」

「わかったわかった。では秋田駅に着いたら私に電話をください。私が迎えに行くまでは、秋田駅から絶対に外には出ないようにね。いいですか」

「はい、わかりました。剣さんのおっしゃる通りにします。では明朝よろしくお願いします」

　純子からの電話を切った剣は、結果的ではあっても、危険な秋田に純子を呼び寄せてしまったことを少し後悔した。その気持ちを払拭しようと車の外に出た。周辺を見渡すといつのまにか車の数が減っていた。剣は車から防寒着を取り出して着込むと、ジッツオの三脚を立ててペンタックス67Ⅱをセットして、撮影を始めた。幸いにして、八郎潟から吹き上がってくる風が弱く、長時間露光の撮影には適した条件のもと、剣はレリーズを使い、慎重に数カットの撮影を済ませた。


　その時だった。いきなりエンジン音とタイヤの軋む音が響き、一台の車が剣を目がけて突進してきた。剣は間一髪、草地に飛び込んだ。剣が起き上がり駐車場を見ると、一台の車が猛スピードで脇本方面に下って行った。と同時に、近くに停められていたもう一台の車の赤色灯が回り、サイレンの音を響かせながら急発進し、車の後を追いかけて行った。剣が三脚とカメラを片付け始めたところに、一台の車が静かに近寄ってきて停まった。伊達と部下の小鹿野だった。

「危なかったですね、剣さん」

「はい、やはり歳のせいでしょうか間一髪でした。で、車の追跡は間に合いますか？」

「はい、部下が追いかけていますし、脇本の交差点にはパトカーを配備しています。もう時間の問題ですよ。それにしても冷や汗を掻きました」

「どうもご心配をおかけしてすみません」

剣は伊達に詫びながら、気持ちを落ち着けようとタバコを取り出して火を点けた。その時に無線が入った。

「運転手を確保しました。これから署に連行します！」

伊達は無線で、「ご苦労さん」と告げると、剣にも「秋田中央警察署に向かいましょう」と告げて、捜査車両に乗り込んだ。剣もランドクルーザーに乗るとその後に続いた。

秋田中央警察署の二階にある取調室では、運転をしていた男、つまり早乙女静の取り調べが始まった。剣は隣の部屋のマジックミラーで、その様子を眺めていた。伊達は姓名、住所、職業などを尋ねた後に本題に入った。

「なぜ剣さんを轢き殺そうとした？」

「轢き殺すなんてとんでもありませんよ」

「嘘を言うな。我々は一部始終を見ていたんだ。じゃあ、聞くが、なんでエンジンをかけて無灯火で急発進をして、剣さんを目がけて突進したんだ」

「刑事さん、誤解ですよ。私はあそこで夜景を眺めていたんですよ。それで時計を見たら随分と遅い時間になってしまったので、慌ててエンジンをかけて帰ろうとしただけですよ。そうしたら足下に缶コーヒーが落ちてしまい、それを拾おうとしたら誤って右足に力が入ってしまったんですよ。第一あそこに人がいたなんてわかりませんでした」

「じゃ、なぜ逃げた！」

「だから、人がいたのはわからなかったと言っているじゃないですか」

「ほう、つまり逃げたのではないと言うのか？」

「もちろんですよ。ですからパトカーに止まれと言われた時は、何がなんだか、困惑しましたよ」

「ほう、なるほど、では聞くがなんで急発進をして、駐車場の出口までライトを点けなかった」

「ですから、たぶん気持ちが動転していてライトを点け忘れたんだと思います」

「なるほど、あの広い駐車場を猛スピードで走り抜けるまで、気持ちが動転していてライトを点けなかった。それが駐車場を出た途端にライトを点けてスピードを上げた。それから、お前さんの車が停まっていた場所と、剣さんがいた場所は、ちょうど反対側になるんだぞ。それなのに、急いでいたという割にわざわざ遠回りをして、しかも無灯火で走るのはどう考えてもおかしな話だな」

「そんなことを言われましても、本当の話ですから仕方ないじゃないですか」

「そうか、あくまでシラを切るつもりならばそれでもいい。しかしいいか、これは単純な交通違反じゃないんだぞ、立派な殺人未遂事件なんだ。それも現行犯だ。あまり警察を甘く見ていると、お前さんひとりが罪を被って、塀の向こう側で一生暮らすことになるぞ。今夜はただで泊めてやるから、その辺をよく考えるんだな」


取り調べを切り上げた伊達は早乙女の自宅、および飛鳥企画の家宅捜査、携帯電話の発着信の履歴調査、車の中の毛髪などのDNA鑑定、指紋の検出を指示した。それに対して剣が追加注文をした。

「すみませんがETCの履歴、それも昨年の七月上旬の調査もお願いできませんか?」

「ETCの利用調査? それも去年の七月上旬ですか?」

剣の申し出に伊達は首を傾げた。

「はい、伊達さんには詳細まではお話ししていなかったと思いますが、昨年七月三日に雑誌記者の青年が、尾瀬の至仏山で死亡しています。この青年は、新聞記者時代に秋田勤務の経験があり、また雑誌の記者になってからも、たびたび秋田で取材を続けていました。その取材の対象が大島代議士です。つまり、私が秋田に来た目的がそこからスタートしています。その後のことは伊達さんもご承知の通りです。ですから、ぜひ彼のＥＴＣの利用履歴を調べていただきたいのです。ちなみに、その亡くなった雑誌記者のＥＴＣ使用履歴は明朝五時半に、彼の恋人だった女性が、寝台特急『日本海』で運んできます」

「わかりました。ではＥＴＣの関係も手配をします。他に何かありますか？」

「そうですね、車を調べるとのことですから、タイヤハウスの中に砂浜の砂が付いていないかを調べていただけないでしょうか？」

「砂浜の砂とは、もしかして雄物川河口の物ですね」

「はい、だいぶ日数が経っていますし、雨も降りました。おそらく洗車もしたでしょうが、タイヤハウスの中まで入念には洗ってないはずです。ですから微量でも砂が残っていてくれたらと思います」

「わかりました。その辺りも徹底的に調べましょう」

伊達の指示を受けた刑事は、二人一組で夜の町に散っていった。

「剣さん、どうでしょう、その辺でコーヒーでも飲みませんか？」

伊達は剣を中央警察署近くのコーヒーショップに誘った。

「署の中では言えませんでしたが、危険を顧みず、まさに囮になっていただきましてありがとうございました」

「いやいや、出過ぎた真似をしてご心配をおかけしました」

「しかし、これで何の遠慮もなく捜査ができます。何といっても、これは殺人未遂事件ですからね。あの忌々しい弁護士先生がしゃしゃり出てきても、門前払いにしてやりますよ。それから、先ほど少し伺いました青年記者の事故ですが、もう少し詳しくお聞かせいただけますか？」

剣は、伊達に再度小早川拳の事故死について事細かに話した。

伊達は腕組みしたまま、

「東日新聞の秋田支局の記者でしたか、そうしますと山根さんの同僚ですね」

「はい、ですから雑誌記者になってからも、山根さんを頼ってたびたび訪ねていたようです」

「なるほど、それで山根さんが、目の色を変えて取材をしていた理由が理解できました」

二人は事件の早期解決を誓い合い、その夜は別れた。

翌朝、剣が五時半に秋田駅に着くと、

「剣さん！」

と、純子が手を振ってランドクルーザーに駆けてきた。剣も車を降りると笑顔で迎えた。

「夜行列車では眠いでしょう？」

「いいえ、寝台特急ですからゆっくり休めました」

「そう、もっとも若いから大丈夫だね」

「はい、何と言っても剣さんの娘世代ですから」

車に乗った二人は郊外のファミリーレストランに寄り、朝食をとった。

「これが彼のETC利用履歴です」

純子が差し出した履歴記録を手にすると、早速七月三日を見た。それによると○：三○に関越自動車道練馬ICに入り、二：○○に沼田ICを出ている。おそらくその後、国道120号線を日光方面に進み、鎌田から国道401号線で尾瀬戸倉の駐車場に停まり、朝一番の鳩待峠行きのマイクロバスに乗り換えて、尾瀬に向かったことが推測できた。剣は、純子が秋田に来てしまった以上はやむなしと判断して、秋田で起きた様々なことをかいつまんで話した。

「えっ、そんなにもいろいろなことがあったんですか。山根さんもそうですが、剣さんも、危うく命を落とすところだったんじゃないですか。それなのに、なぜ私には何も教えてくれなかったんですか。ひどいですよ」

「まあ、そう怒らないでよ。ともかく事件は大詰めを迎えていると思う。だから、これからは秋田では個人プレーは絶対にしないようにしてくださいよ。必ず私と行動を共にすること。いいですね、これだけは守ってください。約束だよ」

「はい、剣さんにご迷惑はおかけしません。ですから、私に帰れなんて言わないでください。お願いします」

剣は笑顔で頷いた。

二人はファミリーレストランを出ると、秋田城跡に車を停めて高清水公園を歩いた。そして池の近くのベンチに腰を降ろした。

「純子さんは、すぐにでも山根さんのお見舞いに行きたいだろうが、何といっても病院だから、あまり早いと看護士さんに叱られるし、少し時間調整をしよう」

「はい、でも山根さんがお元気になられて安心しました。何といっても、山根さんを今回の事件に引き込んだ張本人ですから、私も」

「ところで、純子さんもはるばる丹後半島の伊根町までご苦労様だったたね。お母さんが驚いていたでしょう」

「はい、お母さんは涙を浮かべて剣さんに感謝していました。それから彼のパソコンをチェックしていましたら、写真が何枚か出てきたのでプリントをしてきました。これですが、何かのお役に立つでしょうか？」

そう言うと、純子はバックの中から数枚の写真を取り出して、剣に差し出した。それを見た剣は苦笑いをした。そして、純子に写っている人物を説明してやった。

「この写真は、左から亡くなった橘さん、そして秋北建設の下城大輔社長、続いて顧問弁護士の鈴木宗彦氏、それから飛鳥企画の藤田勇社長、一番右端が早乙女静総務部長だよ。それから、この写真は、橘さんに替わって男鹿市長選に立候補すると言われている、石岡秘書だね」

「ではこの紳士はどなたでしょうか？」

「そうだね、初めてみる顔だけど、拳君が追いかけて撮った写真ということから判断をすると、おそらく国交省東北整備局長の阿部克比古氏に違いないと思うね。つまりこれらの写真は、彼が取材をしていた関係者のオンパレードだということだ」

「そうしますと何かのお役に立ちますか？」

「この写真はデジタルカメラでの撮影だから、データを見れば撮影をした日時はもちろん、分、秒までわかる。もちろん彼が初期データの入力ミスをしていなければ、という条件つきだがね。私は、ジャーナリストとしての彼を信じているから、証拠能力は高いと確信するね。したがって、純子さん大手柄だよ。それから純子さんには悪いけど、この写真を一刻も早く秋田中央署の伊達刑事に届

けたほうがいいと思うから、山根さんのお見舞いは午後にしてくれないかね」

「はい、山根さんがお元気だと伺いましたから、私は構いませんよ」

二人は予定を変更して、秋田中央警察署に向かった。


剣は伊達に純子を紹介すると、小早川拳が撮っていた写真をテーブルの上に並べた。

「ほぉー、なかなか興味深い御仁が写っていますね」

「はい、おそらく捜査のお役に立つと思います。ところで、その後の進捗状況はいかがですか?」

「はい、順調ですよ。ただ、資料価値はまだ見出せません。まず例の政治資金の関係ですが、〈秋田の新しい風〉と〈太平山の会〉は、どちらも秋北建設および関連会社の社員で構成している団体です。代表はそれぞれOBが務めています。それから〈能代の未来を築く会〉は、やはり能代市に本社を置く〈能代建設〉が中心の団体です。次に宮城県仙台市の各団体ですが、こちらは大手ゼネコン東北支社の社員、および関係者で組織をしている団体です。こうした各団体から、毎年数千万円単位での献金が行われていました。もちろん総務省に報告されている政治資金収支決算報告書と合致しています。つまり法律的にはすべて合法です」

「でしょうね。先日もお話しをしましたように、大島代議士ほどの狡猾なお人が、そんな単純なミスをするはずがありません。しかし、それでは橘さんが大島代議士をゆする材料にはなりません。

それは橘さんご自身が一番よく知っていたはずです。それなのに橘さんは、あえてこうした資料を秘密兵器と位置づけて、お金を要求したのです。そしてその結果不幸な結末を迎えてしまった。つまりこの関係資料にはそれだけの価値があるはずです」

「そうですね、お話としては、剣さんの意見はわかるのですが、この資料のどこにその価値があるのか、私はまだつかめません。剣さんは、どのようにお考えですか？」

「そうですね、私は橘さんが各団体に示しているメモではないかと思います。つまり各団体が任意で献金をしたのでしたら、なんら問題はありませんが、これが大島代議士側から、各団体に献金額を提示して要求をしていたことになると、これは立派な政治資金規正法違反になると思います。繰り返しになりますが、メモには各団体名、金額、そして橘薫の署名、しかも衆議院議員大島純一郎秘書という肩書きも記されていますから、これを書いた当人が、警察や検察庁にでも持ち込み証言をしたら、大島代議士には大変な脅威になると思います」

「なるほど。つまり、殺人の動機には十分なり得るということですね。わかりました。それから仙台市の各団体ですが、剣さんが以前お話しをされていました、日本海東北自動車道建設に関わった大手ゼネコン関係でした」

「そうでしたか。そうしますと、東北の他県での献金問題が報道されたように、有力議員への上納金的性格が強いですね」

「それからお知らせが遅れましたが、この政治資金に関する詰めの捜査は、内田本部長から直接県警本部捜査二課に指示が出ていますから、結果をお待ちいただきたいとのことです。次に早乙女静の車、トヨタのクラウンですが、このＥＴＣの利用履歴を調べましたら、昨年七月一日十三時過ぎに秋田自動車道から東京に行っています。そして七月三日〇：三〇関越自動車道練馬ＩＣに乗り、二：〇〇に沼田ＩＣで降りていますね」

「やはりそうでしたか。実は尾瀬の至仏山で亡くなった小早川拳君のＥＴＣ履歴も、同時間、同所が記されています。つまり、私は小早川君の車を、早乙女の車が尾行していたんじゃないかと考えています。これから地元の沼田北警察署にお願いをして、尾瀬戸倉の駐車場の記録を調べてもらおうと思っています」

「駐車場の記録が調べられますか？」

「はい、あの駐車場は無人ですべて機械。今ですからコンピュータといったほうが正確でしょうが、管理されていますから、日時が特定されていますので容易に調べられると思います」

「それは心強いですね。その駐車場での確認が取れれば、剣さんがおっしゃっていました、尾瀬の至仏山での滑落事故についても、早乙女たちの関与が濃厚になります。そうなると、事故ではなく事件性が強くなりますね」

剣は話の途中で席を立つと、沼田北警察署の横堀警部に電話を入れた。

「横ちゃん、ちょっと大至急で調べて欲しいんだけど」

「はい、なんでしょうか？」

　剣は小早川と早乙女の車のナンバーを告げて、尾瀬戸倉駐車場の記録調査を依頼した。

「それから、国道１２０号線鎌田信号に設置しているNシステム（自動車ナンバー自動読取装置）の、同時刻の写真を私のパソコンに送って欲しいんだけど」

「わかりました。すぐ尾瀬交番に指示しますから、一時間ほど時間をください。ところで、こんな調査を私にしてくるということは、剣さんはまだ秋田ですね？」

「ああ、面目ない」

「奥さんに追い出されても、私は知りませんよ」

　そう言うと横堀は電話を切った。剣は席に戻ると電話の内容を伊達に伝え、言葉を繋いだ。

「ところで、早乙女の取り調べはいかがですか？」

「ええ、敵さんもなかなかしぶとくて、あくまで不可抗力の事故だと主張して譲りませんよ。しかし間もなく指紋、DNA鑑定の結果が届きますから、落ちるのは時間の問題だと思います」

　そこに新しい調査結果が届いた。

「係長、早乙女のDNAと山根さんを撥ねた盗難車から見つかった毛髪のDNAが一致しました。それからほんの微量ですが、早乙女の車のタイヤハウスの中から、雄物川河口の砂を見つけました。

そして、早乙女の自宅を家宅捜査しましたら、クローゼットの中に吊るしてあったスーツに、たった一本ですが橘さんの毛髪が付着していました」

「そうか、それはご苦労さん」

伊達は立ち上がると剣に笑みを見せた。剣も立ち上がり、「ご苦労様でした」と頭を下げた。

「剣さん、これだけの物証が揃いましたから、早速早乙女を尋問してきます。早乙女が落ちればそこを突破口にして、藤田、そして、それ以上の地位にいる人物にも辿り着くことができます。事件の解決まであと一歩ですよ」

伊達は剣に一礼をすると、意気揚々と早乙女の取り調べに向かった。そんな伊達の後ろ姿を見送った剣は、携帯電話を取り出して、元国交省秋田河川国道事務所長の白川誠に電話をし、純子から預かった写真をコンパクトデジタルカメラで写して、パソコンでその写真を送った。間もなく剣の携帯電話が鳴った。相手は先ほどの白川だった。

「はい、では東北整備局長の阿部克比古氏に間違いはありませんか?」

「ええ、たとえ短い間にしろ私の上司だった方ですから、見間違いはありません。ただ、阿部氏が現在も在職をしているかはわかりません。もし必要でしたらお調べしてご連絡しましょうか?」

「はい、そうしていただければ大変助かります」

「では、少し時間をください。折り返しご連絡します」

その返事は間もなく届いた。

「阿部氏は、現在、国交省道路局長の要職に就いていました。剣さんは阿部氏にご興味がおありのようですが、氏はなかなか一筋縄ではいかない人物ですから、そのつもりでお接しください」

「はい、わかりました。いろいろとありがとうございました」

剣は、丁寧に礼を述べると電話を切った。そして、純子とともに山根博史の見舞いに向かった。


「このたびは小早川さんの件で大変ご迷惑をおかけして申し訳ございませんでした」

と純子は山根に言った。

「そんなことはないよ。ただ私が歳のせいか少し鈍かっただけですよ。気にしないでください。それに、お陰さまでこの通り元気になりましたから」

山根は元気な素振りで純子の見舞いに応えた。そして、

「ところで剣さん、捜査の状況はいかがでしょうか?」

「はい、随分と物的証拠が揃ってきましたから、間もなく解決に向かうと思われます。それから、山根さんを撥ねたのはやはり早乙女のようですね」

「そうですか、やはりあの男でしたか。怪我が治ったら頭のひとつもぶん殴ってやりたいですね」

山根の言葉に三人は声を出して笑った。

山根の見舞いを済ませて病院の外に出ると、すぐに純子が剣に尋ねた。

「剣さん、私は不思議でならないことがあるのですが、お聞きしてよろしいでしょうか？」

「はい、なんでも」

「普通、警察は民間人に捜査活動の内容を知らせたり、ましてや捜査活動の中に入れたりは絶対にしませんよね。でも、剣さんは、まるで刑事さんのように振る舞っています。どうしてですか？」

「そうだね。まあ、ちょっとした訳があるんだけど、そのうちにわかるでしょうから、それまでは秘密にしておこうかな。そのほうがミステリアスで楽しいでしょ。それよりも、純子さんはこれからどうするのかな？」

「私はまだ休みがありますから、お邪魔でなかったら剣さんとご一緒させてください」

「わかった。ではもう一度、秋田中央警察署に行こう」

二人は揃って秋田中央警察署に向かった。その時、剣に横堀警部から電話がきた。

「遅くなってすみません。お尋ねの車ですが、確かに二台とも同日戸倉の駐車場に停まっていました。それもほぼ同じ時刻に入庫していました。それで秋田ナンバーのクラウンは、同日午前十一時過ぎに出庫しています。で残った練馬ナンバーのプリウスは、亡くなった小早川拳氏の持ち物として、後日同氏の母親によって業者に渡されていました。それからNシステムの写真は剣さんのパソコンに送りましたから、ご確認ください。以上、これでよろしいでしょうか？」

「ああ、大いに参考になったよ。忙しいところありがとう」

「いいえ、どういたしまして。それより早く帰って来ないと、本当に追い出されますよ」

剣の返事を待たずに横堀は電話を切ってしまった。剣は苦笑いをしながら携帯電話をポケットにしまうと、車をスタートさせた。

剣と純子が揃って秋田中央警察署に入ると、そこに早乙女の取り調べを中座して、お茶を飲んでいる伊達がいた。

「剣さん、しぶとい奴ですね。今度は黙秘権行使で、だんまりを決め込んでしまいましたよ」

「そうですか、ところで先ほど沼田北警察署から連絡がありまして、小早川君の車と、早乙女氏の車が、ほぼ同時刻に尾瀬戸倉の駐車場に入ったことが確認できました。それから早乙女氏の車が、十一時過ぎに駐車場を出たことも確認できました。興味深い写真も送られてきているはずですから、伊達さんにもぜひ見ていただきたいですね」

そう言って剣はNシステムの写真をパソコンの画面で見せた。

「これは藤田と早乙女ですね」

「はい、そうです。ですから早乙女は言い逃れができないと思いますが」

「これは多少解像度が低いにしても、誰が見ても二人ですよ」

「そこで伊達さんにお願いですが、私を同席させていただけないでしょうか？」

「取り調べに剣さんをですか？」

「はい、無理は承知ですが、いや、それどころか法律に抵触する恐れがあるかもしれませんが、ぜひお願いします」

「困りましたね。いくら剣さんでも取り調べに立ち会うことは、難しいですね」

「そうでしょうね。そこを何とかお願いできませんか？」

伊達はしばらく腕を組んで思案顔になっていたが、大きく背伸びをすると、

「わかりました。こんなことは秋田県警始まって以来のことでしょうが、私は剣さんと心中する覚悟で、同席を許可しますよ。では参りましょう」

伊達に連れられた剣は、取調室に入ると早乙女に声をかけた。

「早乙女さん、こんにちは」

「あんたは？」

「はい、あなたに間一髪、撥ね飛ばされそうになった剣です」

「なんで、あんたがここにいるんだ。あんたも警察の人間だったのか」

「いいえ、違います。ただ早乙女さんにぜひお会いしたいと、こちらの刑事さんにご無理をお願いしたのです」

「あんたになんか用事はないよ。早いところ帰ってくれないか」

「そうかも知れませんが、私にはぜひあなたに聞いていただきたいことがいくつかあります」

「何も聞きたくないし、話したくもないね」

「まあ、そう言わないでお付き合いください。まずあなたは男鹿半島の寒風山駐車場で、私を轢き殺そうとしました。これは殺意があれば殺人未遂ですね。それから元東日新聞記者の山根さんを、交通事故を装って撥ねて大怪我を負わせましたね。これも故意に事故を装ったことが証明されれば殺人未遂です。この二件はいずれもあなたひとりの行為、所業です。次に雄物川河口で大島代議士の元秘書・橘薫氏を、これまた事故に見せかけて水死させました。これはあなたと藤田社長二人で行いましたね」

「あんた、刑事でもないのにいきなり入ってきて、いいかげんなことを言うな。社長は関係ないだろう」

「まあ、そう大きな声を出さないでもう少しお聞きください。今、お話しをしました事故はいずれも秋田で起きたことですが、もうひとつあります。それは昨年七月三日に尾瀬で起きた、雑誌記者小早川拳氏の滑落事故死です。今私は事故死と言いましたが、実はこれもあなたと藤田社長による殺人ですね。違いますか?」

「ちょっと待ちなよ。あんたの話を聞いていると、まるで俺と社長が秋田と尾瀬で殺人事件を起こしている犯人のように聞こえるが、とんだ濡れ衣だよ。第一、俺も社長も尾瀬の至仏山なんかには行っていないよ。いいかげんなことを言うな。さっさと出て行ってくれ」

剣は笑顔を作って尋ねた。

「早乙女さん、ちょっと待ってください。私は尾瀬とは言いましたが、至仏山とは言っていませんよ」

剣は早乙女の目を見つめた。その目には狼狽を隠そうとしている、早乙女の不安そうな動きをはっきりと読み取ることができた。その時、伊達が声を荒立てて怒鳴った。

「おい！　語るに落ちたな。悪党は悪党らしく往生際が肝心なんだ、いいかげんにすべてをゲロしてしまえ！」

伊達は勢いよくテーブルを叩いた。途端に早乙女は口を閉ざしてしまった。そんな早乙女に剣は穏やかに話しかけた。

「どうでしょうか、よく思い出して欲しいのですが、昨年七月三日に尾瀬の至仏山に登っているでしょう」

しかし、早乙女は口を開こうとはしなかった。

「そうですか、思い出していただけないですか。実は尾瀬の麓の尾瀬戸倉駐車場に、あなたの車の記録が残っているんですよ。つまりこのままではあなたは殺人事件二件、それから殺人未遂事件二件の犯人として起訴されるでしょう。警察は現在のＤＮＡ鑑定などの証拠で十分と判断をしていますから、仮にあなたが黙秘権を行使し続けても、拘留期間内には起訴します。そうなりますと一般論ですが、あなたは間違いなく死刑でしょう。まあ、それもあなたご自身が選択した結果でしたらやむを得ません。ただそれではあなただけが損な役割を演じて、その陰で笑い転げている人間がいることになる。そんな人たちを私は許せないんですよ」

その時、いきなり早乙女が大声で剣に訴えた。

「そんな人間がいるはずないだろう」

「そうですか？　いや、いますね。私は警察官ではありませんから、私の想像、仮説を交えてお話ししますが、まず尾瀬至仏山の事件、これは大島代議士の政治資金規正法のからくりを取材した記者が疎ましくなり、大島代議士側、おそらく橘元秘書、それから、秋北建設の下城社長と鈴木弁護士の命を受けたあなたと藤田社長が、小早川記者の隙をみて殺害しました。次の橘さんは大島代議士の仕打ちに憤慨して、秘書時代に知り得た情報をネタに、大島代議士を恐喝したのです。長年、大島代議士に献身的に仕えた橘さんは、からくりのすべてを知っていました。いや橘さん自身がそのからくりに携わっていただけに、大島代議士には政治家生命に関わる大問題でした。したがって石岡秘書と下城社長、鈴木弁護士は躊躇せずに、これまた藤田社長とあなたに始末を命じました。さて次に山根さんと私ですが、こちらはそうした疑念を抱いて、藤田社長とあなたの周辺を嗅ぎ回ることを止めさせようとした警告、あなたに命を狙われた私が言うのも変ですが、私はそう考えています。それから参考までにお伝えしますが、大島代議士の資金の流れについては、橘さんが隠し持っていた資料、つまり大島代議士をゆすっていた物ですが、すでに警察の手に渡り捜査が続いていますから、間もなく解明されるでしょう」

剣の少し長い解説が終わったが、早乙女はうつむいたままで身動きひとつしなかった。そんな早乙女に剣がさらに言葉を続けた。

「私は秋田に来て皆さんの調査をする過程で、藤田社長に対する早乙女さんの忠誠心を知り、興味を抱きました。そんなことからお二人の故郷である能登半島の輪島市と、珠洲市に行ってきました。そしてあなたの家庭を突然襲った不幸な事故、ご両親の無念にも思える死、それから絶望しているあなたに生きる希望を与えてくれた藤田社長の慈悲ともいえる支援の話を伺って涙しました。そして私の疑問は解けました。しかし、だからといって、あなたが犯した一連の罪が許されるものではありません。したがって、これからのあなたにできることは、すべてを打ち明けて潔く法の裁きを受け、ご両親と幼いあなたを助けようとして亡くなった、たったひとりのお姉さんのお墓を守ることではありませんか？」

それまでうつむいていた早乙女は剣の話が終わると、いきなり号泣してその場に崩れ果てた。剣はそんな早乙女の肩に手をやりながら、伊達を見た。伊達も黙って頷いていた。そして伊達は事情聴取を別の刑事に指示すると、剣と一緒に取調室を後にした。

「いや、お見事ですね。感服しました」

「とんでもありません。お恥ずかしいところをお見せしました。しかし彼の中にはまだ善の心、つまり良心の呵責が残っていたんですね。私も救われた思いです」

「それにしても尾瀬の至仏山の事件、そして秋田の事件の根っこがひとつに繋がっていたのには驚きました。我々警察だけではこうした着想の捜査は到底できませんでしたよ」

「そんなことはありませんが、彼女、竹内純子さんの小早川拳君に対する真っすぐな思いが、私を含めて山根さん、そして伊達さんをはじめとする秋田中央署の刑事さんを動かしたんです」

　剣はそう言いながら、少し離れた椅子に座っている純子を眺めた。その声が届いたのか、純子の肩が震えていた。

「ところで剣さん、このお手柄を早速本部長にお知らせしたらいかがでしょうか」

「それは止めておきましょう。それよりも橘さんが残してくれました秘密兵器による大島代議士の政治資金捜査ですが、なんとしても解明してください。そうでないと亡くなった小早川君、そして橘さんが浮かばれません」

「はい、その件はすでに県警本部が地検と協議を開始したと聞いていますから、きっと剣さんの納得のいく結果が出るものと思います」

「そうですか、ありがとうございます。これで秋空のような気持ちで帰ることができます。伊達さんには本当にお世話になりまして、感謝をしています」

剣は姿勢を正すと深々と頭を下げた。

「とんでもございません。こちらこそ大変お世話になりましてありがとうございました。今度はぜひ遊びにお出かけください。署員一同でご馳走させていただきます」

伊達は直立不動の形で敬礼をした。

剣は純子を呼ぶとあらためて伊達、それから捜査課の刑事に丁寧に礼を述べ、秋田中央警察署を後にした。

「純子さん、長いことご苦労様だったね。これで小早川君が亡くなった真相が解明されるでしょう。もちろん彼が還ってくるわけではないが、彼もきっと天国で君に感謝をしているに違いない。だからこの不幸を乗り越えて新しい未来を掴んで欲しいんだ。それが小早川君に対する何よりの供養だから」

「はい、ありがとうございます。明日から彼に恥じないようにしっかり生きていきます。剣さん、本当にありがとうございました」

涙をいっぱい溜めた純子は、剣に悟られまいと必死に堪えていた。

翌朝、ホテルで朝食を済ませた二人は、市立病院に山根を見舞いに出かけた。その時、剣の携帯電話が鳴った。

「剣さん、藤田が姿をくらましました！」

電話は伊達からだった。

「えっ、藤田社長がですか？」

「はい、昨夜すぐに手配をしたのですが、間一髪で間に合いませんでした」

「わかりました。ともかくすぐ伺います」

剣は電話を切ると純子に伝えた。

「今、伊達さんからの電話で、飛鳥企画の藤田社長が逃亡したらしいよ」

「えっ、本当ですか？」

「ともかく私は秋田中央警察署に行ってみるから、純子さんはこのまま山根さんを訪ねてください。何かわかれば連絡をするから、それまでは山根さんのところにいるように」

「はい、わかりました。でも剣さん気を付けてくださいね」

純子は不安そうな表情で剣の背中を見送った。

ランドクルーザーに乗り込んだ剣は、秋田中央警察署に急いだ。

「あっ、剣さん。全くもってお恥ずかしい限りです」

「伊達さん、そんなことより藤田社長はどこに行ったのでしょう」

「はい、昨夜捜査員が藤田の家に行った時に不在だったために、会社や立ち回りそうな場所を探したのですが、未だに行方が掴めません」

「そうですか、それはやむを得ませんね。しかし、一体どこに行ってしまったのでしょうかね」

「昨夜のうちに幹線道路、秋田駅などで検問を敷いていますから、県外に逃亡した可能性は低いのですが、皆目見当が付きません」

「それにしても、藤田社長はどうやって警察の動きを察知したのでしょうか？」

「はい、それは早乙女が寒風山で剣さんを襲って失敗した際に、携帯で知らせたそうですから、おそらくその時点で身の危険を感じたものと思われます」

「確か飛鳥企画は、田沢湖と森吉山にリゾートマンションや別荘を多く持っていますが、そちらはいかがでしょうか？」

「はい、その辺もくまなく探していますが、今のところ発見には至っていません」

その時に小鹿野刑事が叫んだ。

「係長、藤田の車が鉾立《ほこたて》で発見されました！」

「なに、鉾立？　鳥海山のか」

「はい、たった今パトカーから無線で知らせてきました」

「よしわかった、全員ですぐ鳥海山に向かってくれ。それから象潟署《きさかたしょ》に応援を要請してくれ」

刑事たちに指示を出した伊達は剣に尋ねた。

「お聞きの通りです。剣さんはどうしますか？」

「はい、私もぜひ同行させてください」

伊達、そして剣を乗せた捜査車両は、赤色灯を点けて国道13号線から秋田南で秋田自動車道に入り、河辺ＪＣＴで日本海東北自動車道に、そして仁賀保で国道7号線に入り、象潟から急カーブが連続する鳥海ブルーラインを上り、名峰鳥海山の代表的な登山口のひとつ、鉾立駐車場に急行した。

秋田中央警察署を出て約一時間半、閑散としていた鉾立駐車場は、パトカーと捜査車両で埋まった。

伊達と剣は小鹿野の案内で、藤田社長の車クラウンハイブリットに近づいた。

「係長、車にロックは掛かっていませんでした。そして助手席にはこんなメモが置いてありました」

『申し訳ないことをしました。これから鳥海山に登り、自分の身は自分で処したいと思います』

伊達は剣にも見せた。

「伊達さん、これは遺書でしょうか？」

「ええ、そうだと思われます。早乙女が逮捕されて自分も逃げられなくなったと悟った藤田が、自ら清算の道を選んだと取れますね」

剣は、青空に秋色で聳える鳥海山を見上げた。そして伊達に言った。

「伊達さん、ドアロックが掛かっていなかったということは、藤田社長は警察がこのメモを発見するのを予想していたことになりませんか。その藤田社長が覚悟を決めて鳥海山に登ったとしますと、探し出すのは難しい作業になりますね」

「まったくです。最後まで手を煩わせる奴ですね。しかし警察としては捜索をしないわけにはいきません。したがって祓川口《はらいがわ》、滝の小屋口からも捜索隊を登らせます。それから県警にヘリコプターの要請もします」

「そうですね、なんとしても元気なまま確保して欲しいですね。そして一連の事件のすべてを語ってもらわないと」

「はい、全力を挙げて捜索を行いますが、剣さんはいかがしますか?」

「そうですね、私ひとりが捜索に加わってもどうなるものでもありませんから、こうした作業は警察にお任せして秋田市に戻り、山根さんに一連の経過をお話しして、純子さんとともに群馬に帰りたいと思います」

「わかりました、それでは経過は逐一ご連絡しますから、お気を付けてお帰りください。私は動けませんから若い者に送らせます」

剣は、若い刑事の運転する捜査車両に乗り込もうとして、大声で伊達を呼んだ。剣の声に驚いた伊達は剣に駆け寄って来た。

「どうかしましたか？」

「伊達さん、私は大きな見落としをしていました」

剣の言葉に伊達は要領を得ることができず、聞き返した。

「剣さん、何をですか？」

「はい、私は一連の出来事の実行者として、藤田社長と早乙女部長ばかりに関心を抱き、二人の関係だけを調べていて、肝心なことをすっかり見落としていました」

「すみません。私には剣さんのおっしゃっている意味がわかりませんが」

「つまりですね、藤田社長はなぜ秋北建設の下城社長の意を酌んで、これまでに様々な活動をしてきたのか、と言うことです」

「それは下城社長が藤田を秋田に呼び、飛鳥企画を任せたからではないですか？」

「ええ、もちろんそうですが、果たしてそれだけでしょうか。伊達さんもご承知のように藤田社長は早乙女部長と共に、様々な問題を起こして、時には警察のご厄介にもなっています。また今回は橘さんの殺害、山根さんの交通事故、そして昨年の尾瀬の至仏山での小早川君の殺害と、あまりにも多くの重大犯罪に手を染めてしまいました。そんなことから、単に秋北建設の社長と、その子会社飛鳥企画社長といった関係だけではなく、下城と藤田との個人的な関係を調べるべきだったと思えてならないのです。にもかかわらず私は、藤田と早乙女ばかりに重きを置いてしまい、何ひとつ調べることをしませんでした。これは私の大きな失点です。もう少し早く気がつけば、別の展開ができて藤田社長の身柄も確保できたのではないかと……」

剣は遠い目で聳える鳥海山を見つめた。そんな剣に伊達が声をかけた。

「剣さん、そんなにご自分を責めないでください。そうした捜査は、本来我々警察が行わなければならないことです。つまり私の責任です。私は剣さんが二人の故郷能登半島まで行かれて、彼らの深い結びつきを調べてくれたことに感謝をしていますし、敬服もしています。ですから、今は何としても藤田を探し出して、事件の真相を解明し、剣さん、山根さん、そして竹内さんのご尽力に報いなければならないと考えています。後は我々警察にお任せください」

伊達はそう告げると、姿勢を正し剣に深々とお辞儀をして、捜査の指揮に戻って行った。剣も伊達の後ろ姿に無言で一礼をすると、捜査車両に乗り込んだ。

秋田市内に戻った剣は、山根と純子の待つ市民病院に向かった。そして二人に出来事を話した。

「そうですか、藤田社長が鳥海山に姿をくらましたか。それにしても、何とか無事に解決しそうで良かったですね。これもすべて剣さんのお陰です。私などは見ての通りの格好で何のお手伝いもできず、お詫びの言葉もありません」

「何をおっしゃいますか。山根さんにご協力していただいたからこそ、今回の事件は解決できるところまで辿り着いたのです。お礼を述べなければならないのは私のほうです。本当にありがとうございました」

そして、申し訳ない気持ちを込めて言葉を続けた。

「つきましては、山根さんの完治を見届けないで帰るのは心苦しいのですが、ひとまず失礼をさせていただきたいと思います」

「そうですか、事件の解決はすなわち剣さんとの別れを意味しますね。寂しくなりますが、また秋田へ撮影にお出かけください。その際はぜひお声をかけてください」

「はい、ぜひそうさせていただきます。山根さんも一日も早く退院をして、そしてまた、美味しい秋田の料理をご馳走してください」

剣と山根は涙が滲んだ赤い目を隠しながら堅い握手をした。そしてその後、山根は純子に言葉をかけた。

「純子さん。小早川君はきっと天国であなたを見守ってくれていますよ」

この言葉を聞いた純子は、

「はい」

と言って、ハンカチで涙を拭いた。

剣と純子を乗せたランドクルーザーが、鳥海山の麓の町・象潟を走っている時に、伊達から電話がきた。剣は松尾芭蕉、奥の細道ゆかりの地、蚶満寺《かんまんじ》の駐車場に車を乗り入れてから電話に出た。それによると、早乙女の供述により、飛鳥企画の藤田は依然として発見できないものの、秋北建設下城社長と鈴木弁護士を任意同行のうえ、殺人教唆《きょうさ》の疑いで間もなく逮捕。そして石岡秘書の身柄を確保するために、捜査員を東京に派遣したとのことだった。剣は大島代議士について尋ねてみたが、県警上層部と地検が協議中との返事しか得られなかった。剣は伊達に礼を言うと、すっかり秋の装いをした鳥海山で彷徨《さまよ》っているであろう藤田の安否を気遣いながら、日本海に沿って南下して、愛しき女房どのが待ちわびる群馬の我が家を目指した。

「あら、よく家を忘れませんでしたね」

「帰ってくるなり、そんな嫌みを言うなよ。そうそう、こちらが噂の竹内純子さん」

剣は梓に純子を紹介した。梓は眩しそうに純子を見ると笑顔で答えた。

「あら、きれいなお嬢さん。おじさん相手にご苦労様でしたね。さあどうぞお上がりください」

「はじめまして、竹内純子です。このたびは剣さんにすっかりご迷惑をおかけしました」

「あら、いいのよ。主人はね、撮影のお仕事よりも探偵ごっこが好きなんですから」

その夜、剣家は久し振りに賑やかな団欒の時を迎えた。

「それにしてもあなた、警察の捜査は大島代議士まで及ぶんですかね」

「そうだな、小早川君と橘さんの殺人事件。山根さんと私に対する殺人未遂事件では、実行犯の早乙女部長と指示をした藤田社長の二人は認めざるを得ないだろうが、殺人教唆に問われている秋北建設下城社長、鈴木弁護士と石岡秘書の捜査は難航するかもしれないな。ただ下城社長、鈴木弁護士と石岡秘書の三人は、政治資金規正法違反容疑でも取り調べを受けることになるよ。こちらは橘さんのメモもあるから逃れられないと思うね」

「それでは肝心の大島代議士はどうなの、また秘書が、秘書がと逃げてしまうのかしら。そんなの許せないわ」

「難しい問題だな、ただ今回は政治資金のからくりにまつわる殺人事件、殺人未遂事件だから、警察の威信をかけて背水の陣で挑むだろうね。社会正義を期待して見守ろうや」

剣は梓が注いだビールをうまそうに飲んだ。

「剣さん、それでは彼を殺した藤田と早乙女だけが罪に問われて、他の人は無罪と言うことですか？」

純子が不安そうな表情で剣に尋ねた。

「いや、そうは言っていないよ。ただ運良く藤田社長が無事に発見されて、早乙女とともに供述しても、難しい捜査になるのは間違いないだろうね。しかし私の印象としては、早乙女は警察に積極的に協力してくれると信じている。つまり彼の供述が、真相解明の鍵を握っていると考えているね。ともかく、しばらくは捜査の行方を見守ろうじゃないか」

剣は梓と純子の顔を交互に見ながら言い含めるように語った。


剣の家でゆっくりと身体を休めた純子は、翌朝、剣夫妻の見送りを受けて、上毛高原駅から上越新幹線で東京に帰って行った。

その日の午後、剣が自宅で写真の整理をしているところに、秋田中央警察署の伊達刑事から電話が入った。伊達は挨拶もそこそこに剣に伝えた。

「藤田に続いて、今度は石岡が姿をくらましました」

「えっ、どういうことでしょうか？」

「はい、昨日刑事が上京しまして大島事務所を訪ねたところ、休みということだったので自宅に回ったら、奥さんが石岡は昨夜から帰っていないと心配をしていたそうです。刑事たちは大島事務所に戻り、立ち回りそうなところを聞き出して数カ所を探したのですが結局まだ身柄を確保できていません」

「それは困りましたね」

「はい、私としては迅速な手配を指示したつもりでしたが、どこからか捜査情報が漏れたようで……」

「捜査情報が漏れたとすれば、まず秋北建設の下城社長周辺が考えられますね。その辺はどうでしょうか？」

「はい、すでに確認をさせています。それからすぐに四名を応援として東京に送りました」

「そうですか、何としても早急に身柄の確保をお願いします」

　剣は伊達の電話を切ると、橘薫の告別式で撮った写真を急いでプリントアウトして、まだ言葉を交わしたことのない石岡の安否を気遣った。それはやがて焦燥感に変わった。慌ただしく剣は携帯電話を取ると伊達に電話を入れた。

「伊達さん、私は石岡秘書に関するデータをまったく持ち合わせていません。顔もちらっと見ただけです。そんなことですから石岡さんに関するデータが欲しいのですが」

「データと言われましても、私の手元には大島代議士事務所にあった履歴書のコピーしかありませんが」

「ではそれをすぐFAXで送っていただけませんか。番号は0278−××−××××です」

「わかりました。少々お待ちください。ところで、失礼な言い方ですが、随分と焦っているような感じを受けますが」

「はい、おっしゃる通りです。石岡氏が行方不明と聞いて、とても嫌な予感がしてなりません」

「嫌な予感ですか？」

「そうです。これまでにも政治家のスキャンダルは数えきれないほど起きています。そして、その多くが最後の詰めの段階で、秘書の失踪あるいは死亡でうやむやにされてきました。そしてそのたびに政治家は、秘書が、秘書がと常套句を繰り返しています。つまり石岡さんにも、その危険性が高いと思います。もしもですが、ここで石岡さんを失ってしまいますと、殺人事件はもちろんですが、政治資金規正法違反の捜査が暗礁に乗り上げてしまいます。したがって何がなんでも、生きている石岡さんの身柄を早急に確保しなければなりません」

「はい、それはおっしゃる通りですが……」

伊達は剣の勢いに圧倒されていた。

その時、妻の梓がＦＡＸを持ってきた。そのＦＡＸを見ると剣は伊達に告げた。

「伊達さん、神奈川県三浦市です。それも城ヶ島とか劔崎周辺を至急重点的に捜査してください」

「三浦市ですか？　剣さんはなぜ三浦市だとお考えですか？」

「それは石岡さんが三浦市の出身で、高校を卒業するまでの十八年間を過ごしたふるさとだからです」

「それだけで三浦市ですか？」

伊達はまだ腑に落ちないままだ。

「はい、私は三浦市に賭けたいと思います」

「つまり剣さんの勘ですか？」

「そうです。勘以外の何ものでもありません。ともかく秋田からでは間に合いませんから、すぐに地元の警察に捜査協力を依頼してください」

「そんなことを言われましても、先方の警察を説得させる理由がたちません」

「何を伊達さんらしくないことを、躊躇していると取り返しのつかないことになりますよ。どうしても伊達さんができないのならば、私が内田君、いや内田本部長にお願いします」

「わかりました。私がすぐに手配します。そして私も上京します」

「ありがとうございます。それでは私も上京しますから三浦市で落ち合いましょう」

剣は写真の整理を止めると、梓に上京の旨を伝えた。

「えっ、秋田から帰ったと思ったら、今度は三浦半島ですか？」

「ああ、急にそういうことになったよ」

「まったく困った写真家さんですね」

梓は呆れながらも、ランドクルーザーで上毛高原駅まで送ってくれた。上京した剣は伊達に電話をすると、一足早く三浦半島に向かう旨を伝えた。そして品川駅から京浜急行に乗り、久里浜線の終着駅三崎口の改札を出た。そこには秋田中央警察署で、何度も顔を合わせた小鹿野が、捜査車両で待っていてくれた。

「お疲れさまです。係長からの連絡で、剣さんをお待ちしていました」

「そうですか、ご面倒をお掛けします。ところで、石岡秘書の行方はわかりましたか？」

「はい、三浦警察署の協力を得て捜索をしていますが、今のところ発見には至っていません」

「そうですか、しかしこう暗くなってしまいますと、海岸線の捜索は難しいですね」

「はい、ですから油壺、剱崎灯台、それから城ヶ島などの散策コースも含めて、パトロールを強化してもらっています。それから、市内のビジネスホテルを中心に、宿泊者を当たっています。ただご承知の通りの観光地ですから、重要参考人の捜索と言っても限界があるのが現実です」

「そうですね、無理もありませんね。ところで石岡さんの実家はどうでしたか？」

「はい、実家はすでになく、また親戚もあまりないようですね。一応当たってはもらいましたが、立ち寄った痕跡はないとのことです」

「そうですか、八方塞がりな状況ですね」

「ともかく係長も間もなく到着しますから、こちらの署が手配をしてくれたホテルに入っていただけますか？」

剣は案内されたホテルに入るとコーヒーを注文して、タバコに火を点けた。

――俺の読みが外れたのか、しかし東京を離れた彼にはここ以外に行き場所がないはずだ。まさか北海道や九州、あるいは海外に逃亡する可能性もゼロではないが、その場合は逃亡先で生きて行く場合だ。しかし石岡秘書の場合は、これまでの多くの事件で明らかにされているように、政治家のすべての責任を一身に背負い自らの命を絶つつもりなのだ。それには幼い頃から多感な青春時代を過ごした、ふるさとの三浦半島のこの地しかないはずだ。いや、そう決めつけなければ、石岡秘書を探し出すことは事実上不可能になってしまう。

剣は自問自答していた。そこへ伊達がやってきた。

「遅くなりました。それからまた剣さんにお手数をお掛けしてしまい、すみません」

「やめてください。私は自分の意志で来たのですから、厚かましいとお思いでしょうがご勘弁ください。それより鳥海山に登ったと思われる藤田社長の消息は掴めましたか？」

「いいえ、地元の消防団と山岳会にも協力をしてもらい探していますが、発見には至っていません」

剣は、幾度か登ったことがある鳥海山の雄大さを思い浮かべて、人間ひとりがその気になって潜り込んでしまったら、それを探し出す捜査の困難さを強く感じていた。そして剣は石岡秘書の話題に戻して、伊達に尋ねた。

「ところで、石岡さんもまだ見つからないようですね」

「ええ、今三浦警察署に挨拶に寄ってきましたが、どうも芳しくはありませんね。剣さんを疑うわけではありませんが、石岡は間違いなくここ三浦半島にいますか？」

「います。いいえ、そう信じなければ彼を探し出すことはできません」

剣はキッパリと伊達に言い切った。それは自身への言い聞かせでもあった。

そこへ、小鹿野が血相を変えて駆け込んできた。

「係長、見つかりました！」

「なに、本当か！」

「はい、ただ薬を飲んだらしくて、救急車で総合病院に運ばれたそうです」

「それで容態はどうなんだ」

「はい、発見が早かったので命には別状ないだろうということです」

「そうか、それでどこで発見されたんだ」

「はい、城ヶ島の馬の背洞門近くに倒れていたのを、犬の散歩していた漁師さんが見つけて、携帯電話で１１９番通報したとのことです」

「そうか、ともかく間に合って良かった」

伊達は安堵の表情で剣を見た。そしてすぐさま指示を出した。

「では君は、誰かを連れてすぐ病院に行ってくれ。そして詳しい容態を報告してくれ」

「間に合いましたね」

剣も胸を撫で下ろした。そして伊達に言った。

「命に別状はないということでひと安心ですね。ここで彼に逝かれたら、古い黒澤映画ではありませんが、『悪い奴ほどよく眠る』になってしまいます。そんなことを絶対に許すことはできません」

剣と伊達、そして他の刑事はホテルのロビーで小鹿野からの報告を待った。その結果、東の空が白みかけた時、意識が回復して昼頃には事情聴取が行える、との連絡が届いた。報告を聞いた伊達は剣に言った。

「お聞きの通りです。我々も少し休憩を取って事情聴取に備えたいと思いますが」

「そうですね。そうしましょう」

剣も頷きホテルの部屋で仮眠を取ることにした。

昼少し前、伊達は小鹿野を伴い三浦警察署を訪問すると、石岡秘書の確保と事情聴取優先の礼を述べた。そして、入院先の総合病院に急いだ。剣も合流した。

「そうですか、地元警察署がよく了解してくれましたね」

「はい、ではこれから早速事情聴取を行いましょう」

ドアの前で警備に当たっている制服警察官に、警察手帳を見せて伊達、小鹿野、そして剣も病室に入った。伊達は身分を伝えると早速尋問を始めた。

「石岡さん、あんたは何も語らないままで自殺を計ったようだが、私たちは、あんたに勝手に死なれては困るんだよ。秋田では飛鳥企画の早乙女部長、それから秋北建設の下城社長、鈴木弁護士も取り調べには素直に応じている。しかし、政治資金の流れは何と言ってもあんたが一番詳しい。つまりあんたには、しっかり証言してもらわなくてはならないから死なれては困るんだ。だから、病院の許可が下り次第秋田に護送して、じっくりと話を聞かせてもらうよ」

ベッドに横たわり伊達の問いに何も答えずに、ただ天井を見上げている石岡には、男鹿市長の椅子が約束され、意気揚々としていたあの写真のような姿はなく、まるで別人のようだと剣は感じていた。

「ようあんた、何度も言うように、こっちには証拠もあれば証人もいるんだよ。いいかげんに堪忍して、素直に吐いちゃいなよ。そうすれば楽になるぜ」

伊達は畳み掛けた。

それでも石岡は、何を問うても口を開こうとはしなかった。そんな石岡に剣が話しかけた。

「石岡さん、私は剣と申しまして刑事ではありません。しかし、ひょんなことから、一連の事件に関わり合いを持つ羽目になりました。石岡さんもすでにご存じのように、すでに将来を嘱望されていた若い記者小早川拳君が、そして、かつてはあなたの同僚だった橘さんが殺害されています。また元新聞記者の山根博史さんが、交通事故を装った事故に巻き込まれ重傷を負いました。そしてかくいう私も、危うく車に撥ね飛ばれそうになりました。つまり、ふたつの殺人事件とふたつの殺人未遂事件が起きています。この合わせて四件の事故の発端は、大島代議士の政治資金疑惑です。おわかりですね?」

剣の問いかけにも、石岡はやはり口を開こうとはしなかった。剣は伊達の顔を見て続けた。

「石岡さん、それではもう少しお話しを続けさせていただきますから、感想がありましたらおっしゃってください。まず、橘薫さんの事件です。私は橘さんと会食をした際に、聞きましたが、なんでも男鹿市長選には、橘さんが大島代議士の支援を得て立候補するはずだったそうですね。それが急にあなたに代わり、橘さんはその屈辱に耐えきれなくなり、自ら大島代議士事務所を辞めました。この時、大島事務所からは、一銭の退職金も出なかったそうです。なんでも石岡さんよりも、橘さんのほうが秘書生活が長かったそうですから、ほぼ決まっていた市長選から外され、そのあげく無一文で放り出された、橘さんの気持ちはいかほどかと思います。そんなことから橘さんはよりによって、大島代議士をゆするという強硬手段に出ました。そのゆすりの材料はあなたも知っている、政治資金規正法違反に問われる数々の資料です。そして、その結果、不幸な結果を招いてしまったのです。そこで石岡さんにお考えをお聞きしたいのですが、橘さんの置かれた状況に、ご自身を置き換えてみてくれませんか、あなたでしたら大島代議士の人間の心の欠片もない、容赦ない仕打ちが許せますか？　それからあなたは捜査の手が我が身に迫り、それがやがて大島代議士にも及ぶと考えて、忠義の秘書として、捜査の手が決して追ってこない世界に行こうと考えたようですが、大島代議士があなたの忠義に値する人間だとお考えですか？　私はあなたとお話しをするのは、今日が初めてです。したがってあなたに対する知識はまるでありませんが、あなたにも大切な家族がありますように、亡くなった橘さん、それから尾瀬の至仏山で亡くなった小早川記者にも家族があり、小早川記者を必要としていた若いお嬢さんがいました。つまり、あなた方は二人の命を奪っただけではなく、多くの人の夢と希望、そして、ささやかな幸せまでも奪うむごい仕打ちをしたのです。くどくなりますが、大島代議士はこの上あなたが、あなたの奥さんや子どもさんをも犠牲にしてまでも、守らなければならないほどの人なのですか？」

そこまで剣が言うと、今まで押し黙っていた石岡の肩が小刻みに震え出した。

「止めてください。もうお止めください。私が愚かでした。すべて刑事さんとあなたがおっしゃる通りです。すべてをお話ししますからお許しください」

　石岡はベッドに横たわったまま、大粒の涙を浮かべて剣と伊達に訴えた。

「そうかね、ではまず尾瀬の至仏山で、小早川記者を滑落事故に見せかけて殺害した件から話してもらおうか」

「はい、あの記者は大島の政治資金の流れを執拗に追っていました。そして秋北建設のOBらが代表を務めています〈秋田の新しい風〉〈太平山の会〉、それから宮城県仙台市の大手ゼネコン関連の団体などからの献金を、かなり詳細に調べていました。もちろん団体献金そのものには違法性はありませんが、この団体は実態のない幽霊組織です。会員もOBを中心に社員やその家族が名前を列ねています。ですから、社員には献金額に見合った額を会社が、ボーナス時に加算して支払っていました。つまり、実際は秋北建設などの企業献金ですから、立派な政治資金規正法違反です。それを橘さんが毎年金額を割り当てて、いわば請求する形で献金を要求していました。しかも、衆議院議員大島純一郎秘書の署名で行っていました。これが明るみに出ると、大島の命取りになりかねません。また橘自身も男鹿市長の椅子が水泡のごとく消え去ります。そんなことに危機感を覚えた橘が、秋北建設の下城社長と顧問弁護士の鈴木宗彦に相談をして、その意を受けた飛鳥企画の二人が、その記者がひとりになるのを狙って殺害を実行したのです。具体的な指示は鈴木弁護士が出していました」

「ほう、そうするとあんたは、その事件には関与していなかったと言うのかい」

「はい、その通りです。私もこの期に及んで嘘は言いません」

「なるほど、ではその橘氏の殺害はどうなんだ」

「はい、橘は大島が男鹿市長選の候補者を私に代えたために、事務所を自ら辞めた後、よりによって例の献金関係資料を使い、退職金代わりだと数千万円をゆすってきたのです。これには大島も青筋を立てて怒り、私に善処しろと命じました。私は仕方なく、秋北建設の下城社長と鈴木弁護士に相談しました。そうしましたら、鈴木弁護士が私に任せろと言うんで任せたんです。そして結果的に飛鳥企画の二人が、雄物川河口で水難事故に見せかけて殺害したのです」

「やはりね。ところで大島代議士はなぜ橘氏から、あんたに代えたんだろうか」

「それは私も旧建設省の出身で、秋北建設の下城社長とも親しい間柄だからです。つまり大島は私を男鹿市長に据えて、さらに政治資金を増やそうと目論んだのです」

「なるほどね。大島代議士はまるで金の亡者だね。ところで、山根さんとここにいる剣さんを、交通事故を装って殺そうとした事件はどうだ」

「その二件は、飛鳥企画の二人が身の危険を感じて、自主的にやったことで私は関与していません」

「関与してない？　あんた、嘘を言っては困るよ」

「嘘など言っていませんよ。信じてください、刑事さん」

「まあいいだろう。病院の許可が出次第、秋田に護送して、ゆっくりと話を聞かしてもらうよ」

そんな伊達と石岡のやり取りを見ていた剣は、

「石岡さん、ひとつしかない命を大切にしてください。それからあなたには、すべてを明らかにする責任があります。その責任を果たすことが亡くなった小早川記者、橘さんに対するせめてもの償いでしょう」

そう告げると一礼をして病室を出た。その後ろを追ってきた伊達は、丁寧に剣の労をねぎらった。

「伊達さん、これで何もかもが明らかになりますね」

「はい、これも剣さんのお力添えのお陰です。本当にありがとうございました」

「いえいえ、皆さんの地道な捜査活動の賜物です。そして天は悪を決して許さないということでしょうか。それにしても殺人事件、殺人未遂事件、政治資金規正法違反、それからどうやら日本海東北自動車道に絡んだ、贈収賄事件にまでも発展しますね」

「ええ、私もそんな気がします。そうなると捜査課の一介の刑事が扱える範囲を超えて、県警本部主導の捜査になるでしょうね」

「そうかもしれませんね。しかし、伊達さんたち第一線の刑事さんのたゆまぬ努力があったからこそ、この巨悪に正義の鉄槌を下すことができるのです。つまり皆さんこそが日本の秩序の番人です。これからも刑事の仕事に誇りを持って事に当たってください」

「ありがとうございます。剣さんにそう言っていただけると刑事冥利につきます。ところでこれからどうしますか?」

「そうですね、あとは伊達さんにお任せして、私は帰ります。これで明日から好きな撮影の旅を再開できます」

剣は、伊達たちに挨拶をして病院を出た。そしてタクシーを拾い京浜急行の三崎口駅に行き、そこで純子に電話を入れた。

「えっ、三浦半島にいるんですか?」

「うん、それでこれから奥様がお待ちの我が家に帰るんだけど、その前に飯田橋の〈神田川〉でお茶でも飲まない?」

「本当ですか、ではJR飯田橋駅でお待ちしています!」

純子は弾んだ声で剣に答えた。

それから二時間後、剣と純子は揃って〈神田川〉に腰を降ろして、コーヒーを注文した。剣は、三浦半島での出来事のあらましを純子に伝えると、純子に断りショートホープを取り出して火を点けた。

「これで私たちの役目は終わったね。あとのことは警察、検察に任せて事件の解明を待つことにしよう」

「はい、ところで鳥海山に登った藤田の行方は、その後どうなったのでしょうか？」

「そうだね、まだ発見の連絡がないところをみると、絶望的かもしれないね」

剣は、窓の外を忙しく行き交う人の波を見ながら、鳥海山を彷徨う藤田の姿を想像して答えた。

「そうですか、藤田にもすべてを話してもらい、しっかり罪の償いをして欲しかったのに、残念ですね」

純子も剣にならい窓の外を眺めながら呟いた。そして、姿勢を戻すと剣に向かい礼を述べた。

「剣さん、剣さんには私が至仏山で助けていただいてから、すっかりご迷惑をおかけしてしまいまして、本当に申し訳なく思っています。同時に彼の事件をはじめ、彼が命を懸けて取り組んだ疑惑を解決していただきまして、お礼の言葉もありません。本当にありがとうございました」

「純子さんにそう言われると照れるな。不謹慎な言い方をすると結構楽しんでいたんだから、気にしないでくださいよ」

二人はコーヒーカップで乾杯をして、事件の解決を喜び合った。

「ところで剣さん、前にもお聞きしましたが、どうして剣さんは、刑事さんたちと一緒になって捜査ができたんですか？　私にはどう考えても不思議でならないんです。剣さんは本当に写真家さんだけなんですか。なんか正体不明ですよね」

「えっ、そんなことはないよ、ただの写真家のオジサンだよ」

「剣さん、いつまで私に隠しているんですか」

「ええ、純子さんに隠し事はないよ」

「またそうしてとぼけるんだから」

「とぼけてなんかいないよ」

「では私が剣さんの化けの皮を剥いでやりますよ」

「私の化けの皮？」

「はい、そうです。剣さんは元警察庁のキャリア官僚だったんでしょう。だから秋田で刑事さんと一緒になって捜査ができたんでしょう！」

「えっ、どうして純子さんがそんなことを知っているの？」

「ほらご覧なさい。図星でしょう」

「うん、まあ、遠い昔そんなことがあったけれどね。さては山根さんから聞いたね」

「ご名答です。実は今日、山根さんにお見舞いの電話をした際に、無理矢理教えていただきました。でもどうしてそんなエリートコースをお辞めになったんですか？」

　この問いに山根がすべてを語っていないな、と推測した剣は胸を撫で下ろした。

「そうだね、強いて言えば写真が捨てられなかったのと、小早川君ではないが尾瀬に惚れ込んでしまったからかな」

「本当……ですか？」

純子はコーヒーカップを持ったまま、上目遣いで剣を見た。そして、

「今日のところはそういう答えで許しておきますが、ひとつお願いがあります」

「なんだろう、純子さんのお願いならばなんでも快く引き受けるよ」

「では、今度の土曜日に私を尾瀬の至仏山に連れて行ってください。お願いします」

「なんだそんなことか、おやすいことだよ。では一緒に登ろう。ただし至仏山はもう寒いから暖かくして来ないとだめだよ」


鳩待山荘で温かいコーヒーをご馳走になった剣と純子は、防寒用にレインウエアを着込むと、ザックを背負い登山口に向かった。そして約一時間ほどは緩やかな道を登り、尾瀬ヶ原が見渡せる通称〈大石〉に出た。東に目を向けるとすっかり秋色をした尾瀬ヶ原越しに、東北以北最高峰で尾瀬を代表する山のひとつ、燧ヶ岳の凛々しい姿が望めた。

「七月に登った時は天候が悪くて、何も見えませんでしたが素晴らしい光景ですね」

純子が感嘆の声をあげた。

「ああ、これから至仏山の山頂に登れば、会津地方の山、新潟の山、それから栃木の山はもちろん、

群馬の名山もたくさん見えるよ。それどころか運が良ければ富士山だって見えるよ」

剣は純子にそう告げると、ゆっくりとした足取りでまた登り始めた。やがてオヤマ沢田代を過ぎて、笠ヶ岳の道を左に分けて、ようやく小至仏山の登り口に着いた。

「ここで足を痛めていた時に、剣さんに助けていただいたんですね」

「そうだったね、そうするとここは純子さんと出会った記念の場所だね」

「はい、記念の場所です。でももうお花は咲いていませんね」

「それはそうだよ。尾瀬は間もなく長い冬に入るから、今頃花を咲かせていたんでは、実を付ける前に風邪をひいちゃうよ」

「お花が風邪を引くなんて、剣さんは面白いことを言いますね」

二人は顔を見合わせて笑うと、再び山頂を目指した。そして小至仏山を下り、いよいよ至仏山山頂直下の登りに差し掛かった。

「純子さん、彼が亡くなったのはこの辺りだね」

「はい、そう記憶しています」

二人はザックを降ろした。そして純子は小さな花束を取り出すと、小早川拳が発見された岩場の近くに手向けた。そして両手を合わせて長い合掌をした。純子の目には大きな涙が浮かび、いくつかの筋となり頬を伝わった。そんな表情を見ない素振りをすると、剣も純子の横に膝をつき、手を合わせて小早川拳の冥福を祈った。やがて涙でグショグショになった顔に、無理矢理に笑顔を作った純子が立ち上がった。

「剣さん、至仏山に連れてきていただきましてありがとうございました。私は彼に事件の解決を報告しました。そして、これから自分の人生をしっかり生きて行く約束をしました」

「そう、それは彼も喜んだだろうね。前にも言ったように、純子さんが彼を失った悲しみ、苦しみを乗り越えて立派に生きていくことが、何よりもの供養になるんだよ」

「はい、ですから私はもう泣きません」

「よし、ではもうすぐ山頂だから、元気を出して登ろうか」

「はい！」

　至仏山の山頂に立った二人は、大きく深呼吸をすると、笑顔で至仏山の真っ正面に鎮座する燧ヶ岳と向かい合った。

　剣は、真っ青な秋空の下に連なる峰々を指差して、

「燧ヶ岳の左に見える山頂がうっすらと白いのが会津駒ヶ岳、それから右がアヤメ平、そしてその奥が日光白根山、それから尾瀬ヶ原の左側奥に小さく見える山小屋が、彼が学生時代にアルバイトをしていた東電小屋だよ」

　と、純子に説明をした。

「そうですか、あそこがその山小屋ですか。いつか泊ってみたいですね」

純子は、湿原の中にポツンと一軒小さく見える山小屋をじっと見つめながら、剣にそう答えた。

「ああ、その時は私が尾瀬のガイドをかってでますよ」

「本当ですか？　剣さんの尾瀬ガイドなんて最高の贅沢ですね」

その時に剣が持ち歩いているラジオが、臨時ニュースを告げた。

――先ほど秋田県警は、政治資金規正法違反の疑いと、日本海東北自動車道建設に伴う贈収賄容疑で、秋田県選出の大島純一郎代議士、国交省道路局長阿部克比古氏に任意で出頭を求めました。容疑が固まり次第逮捕する方針です。また午後には大手ゼネコン数社の関係者に出頭を求める模様です。

完

尾瀬・至仏山から

事件解決までの道のりを辿る

剣 平四郎と現場を歩く

至仏山で竹内純子に出会ってから
ランクルで日本中を飛び回り、
事件解決へと導いた剣 平四郎。
ここからは、剣が辿った道のりを
紹介していこう。
写真撮影のスポットして有名なところから
一度は観光で訪れたい場所まで
全国 10 カ所をピックアップした。

白神山地・岳岱

厳冬の尾瀬

白神山地・十二湖（青池）

尾瀬・至仏山から

東京・小石川後楽園

大山のブナ林

秋田市・雄物川河口

丹後半島・伊根町

秋田城跡

男鹿半島・鵜ノ崎海岸

鳥海山・鉾立

輪島・白米千枚田

三浦半島・馬の背洞門

能登半島・見附島（軍艦島）

尾瀬・至仏山からの眺望

男鹿半島・寒風山

事件はここから始まった
尾瀬
【群馬県・福島県・新潟県】

みどころ

雪解けとともに咲くミズバショウに始まって、夏の湿原を埋め尽くすニッコウキスゲ、足早に駆け抜けて行く紅葉と、わずか半年の間に織りなす四季。本州で最大規模の高層湿原と呼ばれている尾瀬ヶ原、東北以降の最高峰燧ヶ岳、その燧ヶ岳の噴火で生まれた尾瀬沼、高山植物の山として知られている至仏山、そしてこれらを守り続ける豊かな森林帯。厳しさの中に見せる一瞬の優しさなど、多様な自然が尾瀬の魅力です。

アクセス

🚗 東京▶関越自動車道（約1時間35分）▶沼田IC ▶国道120号線（約1時間）▶尾瀬戸倉

🚆 東京 ▶上越新幹線（約1時間15分）▶上毛高原駅 ▶定期バス（約1時間50分）▶尾瀬戸倉

尾瀬登山の心得

木道が整備されているとは言うものの、尾瀬は立派な「山」です。都市公園の延長と考えるのは、大変危険です。よって、トレッキングシューズ、雨具、非常食など、最低限の身支度、心構えが必要です。体調に無理なくコース設定をして楽しんでください。

剣 平四郎の尾瀬おすすめスポット

三条の滝

尾瀬の流れを集めた只見川が見せる大瀑布で、日本の滝百選にも選ばれています。特に雪代水の頃は飛沫が展望台まで飛び、轟音とともに大迫力を体感できます。

中田代

尾瀬ヶ原は東から下田代、中田代、上田代に大別されていて、中田代は沼尻川と上ノ大堀川間の湿原です。貴重と言われている高層湿原もここ中田代にあります。

尾瀬沼

燧ヶ岳の噴火で生まれた堰止湖で、群馬、福島県境にあります。標高1,666メートル、周囲13キロ、最大水深9.5メートル。周辺には大江湿原、浅湖湿原などがあります。

【問】片品村観光協会 ☎0278・58・3222　尾瀬檜枝岐温泉観光協会 ☎0241・75・2432

剣 平四郎の尾瀬おすすめコース

例年7月1日に至仏山の登山が解禁になります。剣さんは決まって尾瀬ヶ原と至仏山の撮影を組み合わせて、植物の撮影も楽しんでいます。

1 尾瀬戸倉

群馬県片品村の尾瀬戸倉は鳩待峠、富士見峠、そして大清水の分岐で、大きな駐車場（有料）があります。鳩待峠へ向かうにはここでマイクロバスなどに乗り換えることになります。東京電力自然学校「尾瀬・ぷらり館」も訪れたいですね。

バス20分

2 鳩待山荘

尾瀬ヶ原だけではなくアヤメ平、至仏山登山の基地としての役割を持っています。また、宿泊者以外でもお風呂に入ることができ（有料）、多くの下山者が利用しています。食事、土産は隣接の売店を利用できます。

2時間30分

3 尾瀬ヶ原・竜宮

ミズバショウと至仏山のワンカットで、尾瀬ヶ原を象徴する風景のひとつ。中田代竜宮十字路をアヤメ平方面に進んだ場所で、毎年多くのカメラマンが狙っています。ちなみに付近は撮影ポイントがたくさんあります。

1時間30分

4 至仏山荘【泊】

尾瀬ヶ原西の玄関ともいえる山ノ鼻にあり、尾瀬ヶ原散策は元より至仏山登山者が多く利用する山小屋です。ここには「山の鼻小屋」「尾瀬ロッジ」、そして「尾瀬山の鼻ビジターセンター」（尾瀬保護財団）もあります。

上り3時間

5 至仏山

深田久弥著「日本百名山」のひとつで、尾瀬を代表する山でもあります。そして日本を代表する高山植物の山であり、「高天ヶ原」「賽の河原」などのように、神仏合体を意味する地名もあります。

小早川拳の遺体発見現場付近

至仏山のみなかみ町側（西側）は蛇紋岩のガレ場が多く、尾瀬ヶ原から眺める姿からは到底想像できません。小早川拳の遺体はこの付近で発見されました。

下り2時間30分

6 鳩待峠

尾瀬には群馬県の鳩待峠、富士見下、大清水、福島県の御池、沼山峠、そして新潟県の奥只見などの入下山口があります。そして尾瀬を訪れる約50%の人が利用しているのが、ここ鳩待峠にある尾瀬戸倉行きバス乗場です。

バス20分

7 尾瀬戸倉

殺された小早川 拳の故郷
丹後半島
【京都府】

剣と純子が小早川家を訪ねたルート

北近畿タンゴ鉄道宮津駅

1 天橋立

京都府の天橋立は宮城県松島、広島県宮島（厳島）とともに「日本三景」と称されています。写真は南側の飛龍観からの眺望ですが、北側の傘松公園からの眺めも人気があります。2007年には丹後天橋立大江山国定公園として、若狭湾国定公園から独立しました。剣と純子は小早川拳の実家を訪ねるのが目的だったので、見物する時間はありませんでした。

車1時間

2 新井の千枚田

若狭湾を見下ろす新井の千枚田は、大小様々な形をした棚田が絶妙な光景を作り出し、伊根町を代表する撮影地のひとつでしたが、最近は耕作放棄地が増えてしまい、かつての面影を失ってしまったのが残念。

車10分

3 伊根町・舟屋

伊根町を訪れる多くの観光客のお目当てが、伊根の舟屋の景観でしょう。写真でもわかるように一階が舟の倉庫、物置、作業場などで、二階以上が住居となっています。現在200数十棟の舟屋が存在しています。

海上タクシーから舟屋を見よう！

伊根湾を30分ほどでゆっくりと周遊する「海上タクシー」に乗ると、陸からとはひと味違う「舟屋」の町並み風景を見られます。また、船上でカモメに餌を与えたり、潮風を直接肌で感じながらの撮影も楽しいものです。残念なことに剣と竹内は、この快適クルージングを味わうことができませんでした。

【問】伊根町観光協会 ☎0772・32・0277

白神山地

何度か撮影に通った世界遺産の森

【青森県・秋田県】

剣が撮影したスポット

青森側　【問】深浦町観光協会 ☎0173・74・3320

十二湖

津軽国定公園の一角に位置する十二湖は、近年訪れる人が増えています。剣は鶏頭場（けとば）の池の脇を歩いて青池、そしてブナの原生林などを撮影しましたが、他にも大小の湖沼がありますから、池巡り、森巡りを楽しめます。アカショウビンも飛来します。

十二湖周辺にはブナの巨木がたくさんありますが、このほど「まほろばのブナ」と呼ばれている巨木に会いました。それから初夏には、たくさんのモリアオガエル卵塊（らんかい）を見ることもできます。十二湖周辺は生き物たちの楽園とも言えるでしょう。

秋田側　【問】白神山地世界遺産センター藤里館 ☎0185・79・3001

岳岱

岳岱自然観察教育林は巨岩と苔むしたブナに覆われた原生林で、歩道を歩きながら白神の自然を体験できます。また、林道をさらに奥に進むと、駒ヶ岳に住む女神の田んぼとの伝説が伝わっている田苗代湿原があり、木道を歩きながら湿原植物などを観察できます。

事件の展開の中心となった秋田市【秋田県】

秋田市内の名所

山根博史と出会った
秋田城跡

大和朝廷が最北に築いた城柵で、出羽柵と呼ばれていたそうです。そして国府が置かれて、秋田城と呼ばれるようになりました。筆者は取材で訪れて、朝廷軍と蝦夷軍の壮烈な戦いを想像しながら、国の史跡に指定されている政庁跡を歩きました。

秋田建設の隣にある
千秋公園

JR 秋田駅からも近く、緑の豊かな公園は市民の憩いの場として親しまれています。園内には県民会館、市立中央図書館明徳館、平野政吉美術館などがあり、久保田城御隅櫓、表門などが復元されています。この他にも八幡秋田神社なども公園内にあります。

剣と純子が待ち合わせをした
JR 秋田駅

日本海の波のうねりや、秋田の山並みをモチーフにした屋根が JR 秋田駅の特徴で、秋田新幹線と羽越本線の終着駅です。この他に奥羽本線、男鹿線もあり、一日の乗車人数は 12,000 人と言われています。竹内純子は二度この駅に降り立ちました。

【問】秋田市観光物産課
☎018・866・2112

剣 平四郎おすすめ秋田県のイベントガイド

なまはげ柴灯まつり（男鹿市）

男鹿半島の小正月行事です。国の重要無形民俗文化財に指定され、仮装した若者が旧暦 1 月 15 日の満月の光を浴びて、雪を踏んで家々を訪れる勇壮かつ神秘的なまつりです。

【問】☎0185・24・4700

秋田竿燈まつり（秋田市）

毎年 8 月 3 日～ 6 日に秋田市で行われる祭りで、大きなものでは 12 メートルの竿燈全体を稲穂に、連なる提灯を米俵に見立て、額・腰・肩などに乗せ、豊作を祈る祭りです。

【問】☎018・866・2112

大曲の花火（大仙市）

明治 43 年から始まった花火大会は、大仙市を流れる雄物川の右岸大曲橋と、姫神橋間の河川敷運動公園で毎年 8 月第四土曜日に開催され、十数万人が訪れています。

【問】☎0187・62・1262

小石川後楽園【東京都】

元国交省の白川誠に秋田時代の話を聞いた

DATA ／開園◯午前9時～午後5時（入園は午後4時30分まで）　休園日◯年末・年始（12月29日～翌年1月1日まで）　入園料◯一般および中学生＝300円、65歳以上＝150円　所在地◯文京区後楽一丁目　交通◯都営地下鉄大江戸線「飯田橋」から徒歩2分、JR総武線「飯田橋」から徒歩8分、東京メトロ東西線・有楽町線・南北線「飯田橋」、東京メトロ丸の内線・南北線「後楽園」から徒歩8分　【問】☎03・3811・3015

みどころ

テレビでおなじみの水戸黄門さまゆかりの大名庭園です。国の特別史跡、特別名勝に指定されています。大都会の中にあって鬱蒼とした空間は、深山幽谷の趣きを与えてくれます。四季を通じてのんびりと散策を楽しめる、都会のオアシスと言えます。私は外来種の植物がないと聞き何度か訪ねていますが、縁日などで売られている「ミドリガメ」がたくさんいるのには驚きました。もちろんカメには何の罪もありませんが、生態系破壊を危惧しました。

年間花カレンダー

春 ソメイヨシノ　シダレザクラ　ウコンザクラ、カキツバタ　フジ、ツツジ　ガクアジサイ、スイレン　ノリウツギ、ハナショウブ

夏 ハス　サルスベリ

秋 ヒガンバナ、ツワブキ　フユザクラ、モミジ

冬 ロウバイ、サンシュユ　ウメ、ツバキ　カンツバキ、サザンカ

写真を鑑賞できるスポット

【問】ペンタックスフォーラム
☎03・3348・2941

ペンタックスフォーラム

筆者はこれまでに「尾瀬」「裏磐梯」「緑の水脈」の写真展を開催しましたが、剣さんは今回が初めて。新宿センタービルMBにあるこのギャラリーの魅力は展示スペースの広さ、会期が二週間と長いこと、そして集客力です。近い将来、剣さんと「尾瀬・ふたり展」を開催したいと思いますが、剣さんが忙しすぎて……。

市長選を巡る動きを山根と探った

男鹿半島【秋田県】

剣と山根がランクルで走った男鹿半島の名所

1 鵜ノ崎海岸

男鹿半島の鵜ノ崎海岸は、遠浅の岩場が 1,000 メートル以上も続き、釣りや磯遊びの格好な場所です。そして秋田県では象潟海岸とともに「日本の渚百選」に選ばれています。それから、海越しに聳え立つ鳥海山の姿も絶景で、ぜひ訪れて欲しい海岸です。キャンプもできます。

2 ゴジラ岩

潮瀬崎には波の浸食で生まれたゴジラ岩があります。近づいて眺めて見るとゴジラに似ていますが、日中ではイメージとしては物足りなさを感じました。地元の人の話ですと、夕焼けで空が赤く染まる時が狙い目とのことですが、なかなかタイミングが合いませんね。

3 男鹿水族館 GAO

男鹿半島の西側は海岸線の美しい所です。その西海岸の戸賀に、2004 年に新しくオープンしたのがこの水族館です。それまでの県立水族館から、秋田県、男鹿市、民間の第三セクターが運営する水族館として生まれ変わりました。ホッキョクグマは人気です。

冬の男鹿半島

「冬こそ日本海」と各地を飛び回っていますが、男鹿半島では特に西海岸の風景が気に入っています。西高東低の気圧配置が強まると、疾風怒濤の世界を撮りたくなります。これはある種の快感になってしまったようですね。

上手な夜景写真の撮り方

男鹿半島の寒風山はその名前の通り、風が吹き抜ける場所です。デジタルカメラが主流となった現在では、撮影後にモニターで確認ができますから、大きな失敗の心配はないと思います。シャッターが開いている時間が長くなるので、大きくて丈夫な三脚、なければ手すりなどにカメラを固定してブレないように注意して撮影しましょう。

【問】男鹿市観光協会 ☎0185・24・4700

輪島市【石川県】

藤田勇の実家がある

剣が車を走らせた輪島のスポット

道の駅「ふらっと訪夢《ほうむ》」

旧国鉄時代の輪島駅跡にできた、道の駅です。中に入ると当時の駅の一部が保存されていて、若い頃にドライブで訪れたことがある筆者は、往事を偲ぶことができました。輪島の文化、伝統の発信拠点として、能登観光の旅の玄関として多くの人々に利用されています。

間垣

輪島市大沢地区に多く見られる垣根で、冬の寒風と雪はもちろん、夏の陽射しも遮って涼風を送り込んでくれる生活の知恵です。大沢地区からさらに進み、猿山岬に向かうと荒々しい海岸風景を堪能することができます。輪島市の隠れスポットですね。

白米千枚田

輪島市を代表する観光スポットで、訪れる人が後を絶ちません。現在は白米千枚田愛耕会を中心に耕作していますが、田植えや刈入れには多くのボランティアも参加しています。早苗の季節、実りの風景、そして雪化粧の光景と、四季を通して撮影を楽しむことができます。

曽々木海岸

荒々しい海岸線も、トンネルで通り過ぎてしまうと見落としてしまいそうですが、写真の窓岩や垂水の滝周辺には駐車場やトイレもありますから、ぜひ訪ねて欲しいと思います。冬には波の花も見られ、撮影ポイントとしてもお勧めのエリアです。

輪島といったらこれ！

おみやげに最適
輪島塗

剣も妻・梓の土産にと、輪島塗の夫婦箸を買い求めましたが、輪島土産の一押しです。それから輪島塗は伝統的工芸品ですから、輪島漆器会館や石川県輪島漆芸美術館などを訪れて、その伝統の技に触れてください。

1000年以上続く
輪島の朝市

輪島の朝市は正月3ヶ日と毎月10、25日以外は、朝市通りで8:00～12:00まで、また夕市は住吉神社で15:00から日没まで開かれています。元気のいいオバチャンたちと会話しながら、旅情を楽しむのもいいでしょう。

【問】輪島市観光協会 ☎0768・22・1503

早乙女 静の出身地 珠洲市【石川県】

剣の写真集に登場する絶好の撮影スポット

珠洲海岸

能登半島の先端が珠洲市。そして波の花の撮影で好んで訪れるのが、大崎海岸です。ここは大小の岩がバランス良く並んでいますから、夕暮れの撮影ポイントでもあり、長時間露光での撮影も楽しめます。

見附島（軍艦島）

剣の定宿「汐島荘」から徒歩で３分ほどの距離で、剣も夜明けの撮影をしています。島は無人島ですが、天敵がいないことから数百羽のカラスのねぐらになっています。夏は海水浴で賑わいます。

早乙女が姉と遊んだ鉢ヶ崎海岸

白砂青松の言葉通り美しい海岸で、海水浴場としての人気が高く、県内外から多くの人が訪れます。穏やかな海を眺めていると、早乙女の姉の命を奪ったとは到底思えませんが、悪魔が潜んでいたんですね。

地元の素材を使った能登丼

珠洲市、輪島市、能登町、穴水町の店舗が地元の素材を使って提供するオリジナル丼。奥能登のコシヒカリ、水、旬の魚介類、肉・野菜、地元産の伝統保存食はもちろん、器や箸も能登産で、お店ごとに特色のある丼が味わえます。

【問】奥能登ウェルカムプロジェクト推進協議会事務局 ☎076・225・1312

鳥海山【秋田県・山形県】

大掛かりな捜索をした

藤田はどこへ向かったのか……

捜査 1

鉾立（にかほ市）

日本海から一気に聳える鳥海山は、東北地方では尾瀬の燧ヶ岳に次ぐ高峰です。その登山口のひとつがここ鉾立です。鉾立からは写真のように奈曽渓谷越しの眺めが魅力となってます。

捜査 2

竜ヶ原湿原（由利本荘市）

竜ヶ原湿原は標高が約 1,400 メートルと、尾瀬ヶ原とほぼ同じです。湿原には季節の花が咲き飽きることがありません。また、木道を進み、登山道を登ると、鳥海山（新山）の外輪山七高山です。近くにミズバショウの群生地があります。

捜査 3

鳥海湖（遊佐町）

鉾立から石畳の登山道を 2 時間ほど登ると、カルデラ湖の鳥海湖があります。夏の青い空を映し、残雪やハクサンイチゲなどに彩られる光景は息をのみます。「花」の雪型が高山植物の山を象徴しています。

鳥海山周辺の剣 平四郎おすすめスポット

法体の滝（由利本荘市）

子吉川の上流赤沢川にあり、落差 57.4 メートルの滝です。写真は展望台からの撮影ですが、周辺はキャンプ場などが整備されています。

元滝（にかほ市）

鳥海山の伏流水が 80 年の歳月を経て、地上に現れたのが元滝だとの案内がありました。近年山麓での人気の撮影スポットです。

中島台（にかほ市）

2002 年に林野庁が「森の巨人たち 100 選」を発表して以来、巨樹、巨木巡りがブームになりました。ここには「あがりこ大王」があります。

【問】鳥海国定公園観光開発協議会 ☎0234・72・5886

剣の勘で捜索した 三浦半島【神奈川県】

石岡秘書の捜索ルート

うみう展望台

1 油壺

三浦半島を代表する観光地で、古くから多くの人々が訪れています。油壺マリンパーク、油壺マリーナ、荒井浜海水浴場、横堀海水浴場などが知られています。京急久里浜線三崎口駅からのバスが便利です。

車20分

2 剱崎灯台

三浦半島の東南端に1872年（明治5年）に建てられた灯台で、東京湾に出入りする船舶の安全航行に大きな役割を果たしています。近くには磯釣りのポイントや海水浴場があり、観光地として知られているスポットです。

車15分

3 城ヶ島

北原白秋詩碑「雨はふるふる城ヶ島の磯に利休鼠の雨がふる」この碑は1949年（昭和24年）に建立されました。隣接する北原白秋記念館を訪ねて詩人を偲ぶのもいいでしょう。それから駐車場近くの「そば新」まぐろ漬丼は逸品です。

徒歩15分

4 馬の背洞門

別名「めがね岩」と呼ばれていますが、自然が造り出した海食洞門です。周辺には「眠れる魚」「こぐまのあくび」「ふくろう」など、『岩（がん）の顔（がん）』がたくさんありますから、探してみてください。

【問】三浦市観光協会 ☎046・888・0588

あとがき

私が剣平四郎さんに初めて会ったのは、昨年の六月下旬、雨の尾瀬ヶ原だった。自分以外に雨の中で撮影している人がいると、声をかけたのが友人になるきっかけだった。その夜、東電小屋で焼酎を酌み交わしてみると、年齢が同じこと、長年ランドクルーザーに乗っていること、そして焼酎をこよなく愛していることなど共通点が多く、意気投合した。

この物語は、昨年の秋に東電小屋で再会をした際に、赤々と燃える暖炉の火の傍で、私が持参した「ダバダ火振」を飲みながら、剣さんに伺った話をまとめたもので、巧みなトリックを操って綴られた推理小説とは違い、剣さんの実体験だけに、〝小説よりも奇なり〟と実感した。

それにしても、私の撮影の旅が単純で平凡なのに比べて、剣さんはなんともドラマチックで、まるで事件探しのような旅なのには驚かされた。そんなことから、また今年も尾瀬で会って、剣さんの活躍話を聞くことを楽しみにしている。

もっとも、小心者の私は相槌を打ちながら強がりを言うのが精一杯なのだ。

写真家　新井幸人

写真家・剣 平四郎の撮影事件帳
尾瀬 至仏山殺人事件

2010年7月10日 初版第1刷発行

文・写真○新井幸人

カバー装幀、本文デザイン○草薙伸行
（PLANETPLAN DESIGN WORKS）

発行人○石井聖也
編集○藤森邦晃
営業○片村昇一
写真提供○加藤明見、平居久美子、尾瀬林業（株）
ペンタックスフォーラム
協力○早川聡子

発行所○株式会社日本写真企画
〒104-0032 東京都中央区八丁堀3-25-10
JR八丁堀ビル6F
電話 03・3551・2643
FAX 03・3551・2370
http://www.photo-con.com/

印刷・製本○日経印刷株式会社

落丁本、乱丁本は送料小社負担にて
お取り替えいたします。

ISBN978-4-903485-45-4
C0095 ¥1238E